LA VILLA PIA

DES JARDINS DU VATICAN,

ARCHITECTURE DE PIRRO LIGORIO,

PUBLIÉE DANS TOUS SES DÉTAILS

PAR J. BOUCHET, ARCHITECTE,

XXIV PLANCHES GRAVÉES AU TRAIT SUR ACIER PAR HIBON;

Avec une Notice historique sur l'Auteur de ce Monument,

ET AVEC UN TEXTE DESCRIPTIF,

PAR RAOUL-ROCHETTE, ANTIQUAIRE.

PROSPECTUS.

Entre tous les monuments que Rome vit s'élever dans son sein après le grand siècle de Léon X, il n'en est pas qui mérite à un plus haut degré l'étude et l'admiration des artistes, que la charmante *Villa* que le pape Pie IV fit construire dans les jardins du Vatican sur les dessins de Pirro Ligorio. C'est effectivement l'édifice le plus achevé et le plus complet qu'il y ait dans son genre, bien qu'il soit d'une petite proportion, et peut-être parce qu'il est d'une petite proportion; car c'est à cette circonstance, jointe au génie et à l'habileté de l'architecte, qu'est dû sans doute l'avantage qu'il présente d'un accord admirable de toutes ses parties, de l'harmonie de l'ensemble, qui ne le cède en rien à la richesse et à la variété des détails, et surtout de cette originalité, mérite suprême de toute œuvre de l'art, qui se rencontre ici dans la disposition générale comme dans les moindres éléments de la décoration de l'édifice. Il semble que l'auteur, nourri des traditions de l'antiquité, autant qu'inspiré par son génie, ait voulu laisser dans cette habitation délicieuse un modèle accompli et resté unique jusqu'à nos jours, de ce genre d'édifice approprié aux mœurs et aux usages de notre époque, en l'ornant de tout ce qui pouvait s'y adapter de motifs et de réminiscences antiques. Aussi la célébrité de la *Villa Pia*, du Belvédère, ou du *Casino del Papa*, comme on l'appelle aussi, n'a-t-elle fait que s'accroître depuis le seizième siècle jusqu'au nôtre; et la renommée de ce charmant édifice ne pourra-t-elle qu'augmenter encore, à mesure que le goût et le sentiment de l'art se perfectionneront par l'étude raisonnée des chefs-d'œuvre qu'il a produits.

Nous croyons donc rendre un véritable service à cette étude qui compte aujourd'hui parmi nous tant de maîtres habiles et de disciples zélés, en publiant la *Villa Pia* de Pirro Ligorio, d'une manière aussi complète et aussi fidèle qu'il nous a été possible. S'il existe à Rome plus d'un grand monument encore inédit, qui semblerait devoir se recommander davantage au choix de l'artiste par l'importance de l'édifice ou par la célébrité de son auteur, nous ne craignons pas de dire qu'on n'y en connaît point qui offre un ensemble aussi complet dans toutes ses parties, un caractère d'originalité aussi prononcé dans tous ses détails, un effet aussi pittoresque, autant de charme et de fini dans l'exécution; et lorsqu'à tous ces mérites se joint celui d'être à peu près inédit, on comprendra sans peine la préférence que nous avons accordée à cet édifice, et l'espoir que nous avons conçu de trouver, dans l'accueil favorable des artistes et du public, la juste récompense de nos efforts.

C'est cet espoir qui nous a encouragé et soutenu dans un travail qui nous a coûté des sacrifices de plus d'un genre. Nous n'avons rien épargné pour que le burin traduisît fidèlement notre dessin, après que nous nous étions efforcé d'atteindre dans ce dessin même, autant qu'il était en nous, au style du monument original. Déterminé, comme nous l'étions dès le principe, à reproduire sous les yeux des artistes un édifice complet, nous avons attendu pour le publier que notre ouvrage fût de même complétement achevé. C'est donc la *Villa Pia* tout entière que nous offrons à nos Souscripteurs en une seule publication; et du moins cette partie du public qui s'intéresse à notre travail n'aura pas à craindre, comme cela arrive trop souvent, qu'un ouvrage, commencé d'une manière, soit fini d'une autre, ou même ne soit pas fini du tout.

L'ouvrage complet coûtera trente-deux francs aux Souscripteurs, et trente-cinq francs pour le public; il paraîtra le 15 juillet.

Chacun des cent premiers Souscripteurs recevra *gratis* une lithographie de la vue générale de la *Villa Pia*, ombrée par Deroy, sur le décalqué de la planche d'acier, d'après le nouveau procédé chalcolithographique de M. Letronne.

Se vendra chez M. Cousin, rue Jacob, n° 25, et chez l'auteur, rue Chaptal, n° 3.

Typographie de Firmin Didot Frères, rue Jacob, 56.

LA VILLA PIA

DES JARDINS DU VATICAN,

ARCHITECTURE DE PIRRO LIGORIO;

PUBLIÉE DANS TOUS SES DÉTAILS

PAR JULES BOUCHET, ARCHITECTE,

Avec une Notice historique sur l'auteur de ce monument,

ET AVEC UN TEXTE DESCRIPTIF,

PAR RAOUL-ROCHETTE, ANTIQUAIRE.

La gravure des planches a été exécutée sur acier par Hibon.

A PARIS,

A LA LIBRAIRIE ENCYCLOGRAPHIE DE H. COUSIN, RUE JACOB, N° 25,

CHEZ MM. { FIRMIN DIDOT, RUE JACOB, N° 56;
CARILIAN GOEURY, QUAI DES GRANDS-AUGUSTINS, N° 41;

ET CHEZ LES PRINCIPAUX LIBRAIRES DE FRANCE.

M DCCC XXXVII.

NOTICE HISTORIQUE

SUR

PIRRO LIGORIO.

PIRRO LIGORIO jouit, à des titres bien différents, d'une grande célébrité parmi les artistes et les antiquaires. Si l'architecture de la Villa Pia du Vatican le recommande aux suffrages des uns, en le plaçant parmi les maîtres de l'art moderne, il s'est rendu suspect aux autres par ses recueils de monuments antiques, où le faux est trop souvent mêlé avec le vrai. Sa renommée a donc souffert de ce mélange; et c'est sans doute un malheur pour la mémoire d'un artiste, qui n'eût obtenu que de la gloire, s'il n'eût été qu'architecte. Mais c'est aussi pour nous-mêmes un devoir plus impérieux d'apprécier dignement l'artiste, s'il ne nous est pas possible de justifier tout à fait l'antiquaire; car le mérite de l'homme qui produisit un chef-d'œuvre appartient à toutes les générations qui en héritent; son ouvrage devient le patrimoine du genre humain; ses torts, s'il en eut dans le siècle où il vécut, disparaissent dans ce grand bienfait qui profite à tous les âges; et ce n'est pas sans raison que la postérité, qui ne fut point atteinte par ses fautes, ne reste sensible qu'à ses talents.

L'indulgence qui nous est commandée envers Pirro Ligorio par l'intérêt de sa gloire serait encore justifiée par l'ignorance où nous sommes des principales circonstances de sa destinée. Nous ne savons rien de lui, si ce n'est qu'il naquit à Naples, et, à ce qu'on croit, d'une famille noble[1]; mais la date de sa naissance est inconnue, aussi bien que l'emploi de ses premières années; et ce n'est pas là le seul exemple de cette indifférence pour tout ce qui tient aux détails de la vie privée, même quand il s'agit d'hommes supérieurs, qui ne se rencontre que dans les temps où de pareils hommes abondent. Le seizième siècle, qui produisit tant de grands hommes en Italie, ne vit naître qu'un seul historien de ces grands hommes; et sans Vasari, nous ne saurions presque rien de leur existence, et avec Vasari même, nous ignorons encore presque tout ce qu'il nous importerait de savoir de ces vies, si pleines de travail et de gloire. La biographie est la ressource des temps où les médiocrités pullulent. La vanité se console avec des mémoires, quand le talent manque au siècle, ou que les occasions manquent au talent; chacun alors devient un grand homme de son vivant ou dans son livre, précisément parce que personne ne peut espérer de vivre après sa mort dans la mémoire d'autrui, ou dans ses propres œuvres; et rien n'est plus ordinaire que de voir tout le monde écrire son histoire, là où il n'y a presque pas d'histoire qui soit digne d'être écrite.

Il n'en était pas de même au seizième siècle. Personne, si ce n'est, encore une fois, Vasari, ne songeait à écrire des vies d'artistes; et les artistes eux-mêmes ne s'occupaient que des études de leur art, des monuments que le génie avait produits avant eux, et de ceux qu'ils pouvaient y ajouter. C'est dans ces idées que fut élevé Pirro Ligorio; et l'on cesse d'être étonné qu'il ait tant travaillé, et qu'on sache si peu de chose de lui.

Né à Naples, comme je l'ai dit, dans une famille distinguée, il paraît que l'étude des lettres occupa ses premières années. Mais le goût des arts du dessin, qui s'était éveillé de bonne heure en lui, l'emporta bientôt sur toute autre occupation; et ce goût l'entraîna à Rome, où il y eut toujours tant à apprendre pour un jeune artiste, et tant à admirer pour un artiste accompli. Rome offrait alors plus que jamais un spectacle fait pour agir puissamment sur l'imagination et sur le goût. La ville de Jules II et de Léon X ne cessait de s'embellir d'édifices, où le génie de la renaissance s'éclairait aux traditions de l'antiquité. L'école du Bramante avait été plus féconde encore que celle de Raphaël; et les pontifes rivalisaient avec eux-mêmes à qui signalerait le plus son règne ordinairement si court, par des monuments faits pour ajouter à sa durée, en ajoutant à sa gloire. En même temps, la ville d'Auguste et de Trajan se dégageait chaque jour davantage de ses ruines. Les monuments enfouis sortaient en foule du sein de la terre; mais ils en sortaient mutilés, incomplets, méconnaissables sous la rouille des temps qui les couvrait; et c'était, en présence de ces débris de l'art antique, une tâche de tous les jours, où l'enthousiasme le disputait au savoir, et où le sentiment avait plus de part encore que la critique, que de rétablir par la pensée et par le dessin ces marbres tronqués ou muets qui laissaient tant à faire et tant à suppléer. L'artiste trouvait donc ici à s'exercer autant que l'antiquaire; il y avait là des modèles pour le goût, des énigmes pour la science, et, dans ces trésors de l'antiquité, rendus de jour en jour à la lumière, mais encore couverts d'ombres et remplis d'obscurités, autant de choses faites pour irriter la curiosité, tromper l'inexpérience et désespérer même le savoir.

C'est au milieu de ce grand mouvement de la Rome antique reparaissant de tous côtés par fragments, et de la Rome chrétienne se complétant et s'embellissant dans toutes ses parties, que se trouva Pirro Ligorio, arrivé jeune encore à Rome; et l'on peut croire que, de tous ses contemporains, il fut celui qui prit à cet admirable spectacle l'intérêt le plus vif, et certainement l'un de ceux qui y prirent la part la plus active. Dès ce moment, il dut se mettre à dessiner tout ce qui s'offrait à ses regards, temples, tombeaux, débris d'architecture, statues, bas-reliefs, cippes, autels, vases, inscriptions et jusqu'à des médailles. Mais, dans cette succession si rapide de découvertes, où chaque jour avait son butin, où chaque jour exigeait son travail, l'artiste avait à peine assez de temps pour suffire à tant d'études; il manquait du calme et de la liberté d'esprit nécessaires pour choisir, ou pour discuter. Ses émotions mêmes nuisaient à ses connaissances; c'est à peine si cette impatience, chaque jour excitée et chaque jour satisfaite, de tout voir et de tout dessiner, lui permettait de tenir d'une main assez ferme un crayon assez infatigable, pour suivre dans son cours cette réapparition de Rome antique, qui s'opérait au sein de ce renouvellement de Rome moderne; et l'on s'explique de cette manière comment fut produit l'immense recueil des antiquités de Pirro Ligorio, des travaux de toute une vie, commencés dans la jeunesse, sur un terrein où l'antiquité renaissait incessamment en détail; et l'on comprend aussi comment, entraîné par la facilité, et, si je puis parler ainsi, par la fougue de ce travail de tous les jours, l'artiste, plus enthousiaste qu'éclairé, et plus ardent que scrupuleux, fut conduit, en copiant tout ce qu'il voyait, à inventer quelquefois ce qu'il ne voyait pas.

Les nombreuses études de Pirro Ligorio, en le rendant habile, l'avaient sans doute rendu déjà assez célèbre pour qu'il fût recommandé au choix du pontife, comme un de ces architectes dignes d'être employés à la fabrique de Saint-Pierre. On sait en effet qu'à partir de l'époque où furent jetés les fondements de ce prodigieux édifice, jusqu'à son entier achèvement, il n'y eut pas d'architecte célèbre qui ne fût appelé à y travailler; et la Basilique du Vatican n'est pas seulement le plus grand temple du monde par ses proportions, par sa masse et par ses détails, mais parce qu'elle est l'œuvre de tout ce qu'il y eut de grandes renommées dans le cours des trois siècles qui l'élevèrent. A ce titre, Pirro Ligorio avait sans doute mérité de devenir à son tour un des architectes de Saint-Pierre. Peut-être aussi, la faveur de Paul IV, Napolitain comme lui, fut-elle pour quelque chose dans ce choix, que nous sommes réduits à ne pouvoir nous expliquer que par conjecture; car il y a toujours, dans la destinée même des hommes supérieurs, de ces circonstances heureuses où le hasard a autant de part que le mérite; et l'on se tromperait à l'égard des artistes du seizième siècle, comme pour ceux du nôtre, si l'on voulait toujours rendre compte des succès du talent, par le talent seul.

Ce dut être en 1555, dans les premiers mois du pontificat de Paul IV, que Pirro Ligorio fut attaché à la fabrique de Saint-Pierre. Michel-Ange, alors âgé de quatre-vingt-un ans, dirigeait en chef suprême cette immense construction, qui se trouvait déjà trop avancée pour avoir à craindre, de la témérité d'un nouvel architecte ou de la faiblesse d'un nouveau pape, des changements importants. Michel-Ange était sans doute le seul homme qui pût être architecte de Saint-Pierre à quatre-vingt-un ans, sans ployer sous le double fardeau d'un si grand âge et d'une si grande entreprise. Mais ce n'était pas là l'opinion de ceux qui aspiraient à le remplacer, et qui le représentaient déchu pour se rendre nécessaires. Alors non plus, il ne manquait pas auprès des papes, de ces hommes qui ne voient dans les talents vieillis qu'une offense ou un obstacle à des prétentions nouvelles, qui regardent toute renommée acquise, toute place occupée, comme une usurpation ou un larcin; de ces hommes qui sont envieux par position, ingrats par intérêt, et impatients à proportion qu'ils sont jeunes, et souvent même incapables. Pirro Ligorio eut le tort et le malheur d'être du nombre de ces hommes, qui étaient dignes d'aider Michel-Ange, et qui travaillaient à le détruire. Le jeune architecte, placé près du grand Buonarotti par la faveur de Paul IV, s'en allait disant partout que l'architecte de Saint-Pierre retombait dans l'enfance, et qu'il fallait se hâter de lui donner un successeur, pour préserver son ouvrage [2]. Michel-Ange, qui avait plus de foi en lui-même que ses ennemis n'affectaient d'en manquer, fut pourtant blessé de ces bruits de la malveillance; il eut un moment la pensée d'abandonner l'entreprise et de se retirer à Florence. C'est ce que nous apprenons de Vasari, qui recevait alors les confidences de ce grand homme dans des lettres qu'il nous a conservées, et où Michel-Ange, pour prouver, même à son ami, qu'il n'était pas aussi vieilli que le prétendaient ses adversaires, exhalait en beaux vers ses douleurs d'artiste, comme s'il eût eu besoin de justifier les travaux de l'architecte par les inspirations du poëte, et de tracer un sonnet de la même main qui érigeait la coupole de Saint-Pierre. Mais ces pensées faibles ou tristes ne pouvaient avoir prise sur le caractère d'un homme tel que Michel-Ange; il était convaincu, comme il l'écrivait à Vasari, que sa retraite serait le signal de la ruine de Saint-Pierre; c'était donc à la fois pour lui un cas de conscience et une affaire d'amour-propre de rester ferme à son poste; il savait d'ailleurs que la vie entière d'un grand homme n'est qu'un long combat contre les médiocrités jalouses et les rivalités impuissantes. Enfin, il se sentait assez fort pour résister à lui-même comme à ses ennemis, pour triompher des cardinaux qui entravaient son œuvre, aussi bien que des artistes qui la convoitaient; et seul contre tous, Michel-Ange octogénaire poursuivait à travers tous les obstacles la construction de cette coupole, qui n'est pas seulement une œuvre immense, par ce qu'il a fallu de talents à son auteur, mais encore par ce qu'il lui a coûté de peines pour l'achever.

Il est trop certain que Pirro Ligorio eut une assez grande part aux dégoûts qu'éprouva Michel-Ange à cette occasion, et l'on voudrait trouver au moins quelque autre trace du passage de cet architecte à Saint-Pierre, que ces chagrins causés à la vieillesse d'un grand homme. Mais, à part le dessin du mausolée de Paul IV, qui est attribué à Pirro Ligorio, il ne paraît pas qu'il ait laissé dans la basilique du Vatican le moindre vestige de son talent. Il est certain aussi que notre architecte fut retiré de la fabrique de Saint-Pierre par le pape même qui l'y avait placé, dès qu'il fut reconnu que l'entreprise ne pouvait qu'être entravée par sa présence. Mais il ne perdit pas pour cela la faveur du pontife, dont il resta l'architecte; et c'est en cette qualité qu'il fut chargé d'exécuter dans le jardin du Vatican le petit palais, dont la construction, continuée sous le pontificat de Pie IV, reçut, avec son achèvement, le nom de *Villa Pia* [3]. Ce ne fut même que passagèrement qu'il fut éloigné de la fabrique de Saint-Pierre; car sous le pontificat de Pie IV, à une époque où Michel-Ange avait cessé de vivre, nous voyons Pirro Ligorio associé à Vignole, l'un et l'autre en qualité d'architectes du Vatican, chargés l'un et l'autre de faire exécuter les dessins de Michel-Ange pour la partie de la coupole qui restait à terminer; et Vasari nous apprend encore à cette occasion que notre architecte, ayant voulu s'écarter du modèle laissé par Buonarotti, fut définitivement privé de son emploi, et la conduite de l'entreprise confiée au seul Vignole [4] : ce dut être en 1565, ou au plus tard en 1566.

On s'étonne de ne trouver à Rome, après cette *Villa Pia*, le chef-d'œuvre de notre architecte, et l'une des merveilles de l'art moderne, aucun ouvrage digne de sa réputation et de son talent. Le palais *Lancellotti*, à *Piazza Navona*, est le seul édifice de quelque importance qu'on lui attribue encore; mais ce palais, dont la façade est toute en refends, également et symétriquement distribués entre les étages et les fenêtres, avec un entablement d'une grande simplicité, ne se recommande que par cet accord d'un style grave et sévère dans toutes les parties de son élévation; et ce style, dont tout l'effet est dans sa simplicité même, n'est remarquable que par le contraste qu'il présente avec l'élégance exquise qui distingue à un si haut degré l'architecture de la *Villa Pia*. C'est bien là en effet une de ces oppositions qui frappent dans l'œuvre d'un artiste, et qui se rencontrent souvent dans sa destinée, que deux monuments aussi dissemblables l'un de l'autre, que ce palais *Lancellotti*, tout en bossages et en refends, dans toute la hauteur de ses quatre étages, rapproché de cette *Villa Pia*, où tout est si richement orné, si délicatement sculpté, et où il semble qu'il n'y ait pas un seul espace, si restreint qu'il fût, qui n'ait été employé par l'art et embelli par le goût.

Si l'on est frappé du contraste que je viens de signaler dans ces deux édifices construits par le même architecte, et si l'on est surpris qu'il n'en ait pas produit d'autres, il ne faut cependant pas attribuer au défaut d'activité ou au manque d'occasions la rareté de ses ouvrages. Si je ne me trompe, c'est à la vivacité de son caractère et à la mobilité de ses goûts qu'on doit surtout en imputer la faute. L'artiste qui avait achevé, dès 1561, la construction de la *Villa Pia*, et montré à Rome un pareil essai de ses talents, ne peut avoir manqué à Rome d'occasions nouvelles de les exercer. Mais il paraît que Pirro Ligorio, sans cesse détourné de sa carrière d'architecte par sa passion d'antiquaire, ne sut pas donner à ses travaux une direction constante et régulière; il s'était aussi adonné à la peinture; et l'on n'a pas besoin, pour s'expliquer cette particularité, de se rappeler l'extrême habileté qu'il possédait dans le dessin. Dans un temps et dans un pays où l'union la plus étroite régnait entre tous les arts du dessin, où les exemples d'architectes, qui étaient en même temps sculpteurs ou peintres, et quelquefois l'un et l'autre, étaient si nombreux et si brillants, ce n'était sans doute pas chez un architecte, tel que Pirro Ligorio, un mérite bien rare que de savoir peindre; mais ce pouvait être une diversion fâcheuse à des travaux plus importants et plus utiles à sa gloire. On cite de lui des peintures à fresque qu'il exécuta dans l'oratoire de la compagnie de la Miséricorde; mais surtout un grand nombre de frises et d'arabesques, dont l'usage était alors de décorer les façades des maisons, et dont il s'est conservé à Rome tant de vestiges. Ce qui distingua ces travaux de Pirro Ligorio de ceux de ses contemporains, tous exécutés en grisaille, c'est qu'ils étaient en couleur jaune; on en voit encore des traces dans le quartier de *Campo Marzo*, à la montée de Saint-Sylvestre, et à *Campo di Fiore*. Mais que sont aujourd'hui ces faibles vestiges d'un talent qui se multiplie dans des travaux faciles et se prodigue dans des arabesques, sans pouvoir espérer de se survivre à lui-même dans ces œuvres d'un jour; que sont-ils, auprès de la gloire solide et de la renommée durable d'un bel édifice? Et quand on a vu, sur la façade postérieure du palais *Massimi*, les fresques évanouies de Daniel de Volterre, combien ne regrette-t-on pas le talent perdu à de pareils jeux du pinceau, de la part d'un artiste qui était digne de rivaliser avec l'architecte du palais *Massimi?*

C'est de cette manière que Pirro Ligorio employait son temps à Rome, peignant en camaïeu des façades d'édifices, dessinant tout ce qui s'offrait à lui de monuments antiques, recueillant tous les éléments d'une *Restauration de l'ancienne Rome;* et, comme si ce travail immense n'eût pu suffire à l'activité d'un seul homme et à l'emploi d'une seule vie, cherchant, au dehors de Rome même, à la *Villa Hadriana*[5], un nouveau théâtre pour y exercer le zèle infatigable qui le portait à la restitution des monuments antiques. C'est au milieu de ces occupations si nombreuses et si variées que le surprit une invitation du duc d'Este, Alphonse II, qui l'appelait à Ferrare, en qualité de son architecte. Mais déjà, avant cette époque, il est permis de croire que Pirro Ligorio avait eu occasion d'exercer ses talents au service des princes de la maison d'Este. Du moins, croit-on reconnaître la main et le goût de cet architecte dans plus d'une partie de la *Villa d'Este*, à Tivoli, qui fut commencée vers 1550 par le cardinal de Ferrare, Hippolyte d'Este, et dont la construction se continua durant une longue suite d'années, sous plusieurs cardinaux de cette maison. L'architecte de cette magnifique *Villa* est resté ignoré, et ce n'est qu'à de certaines analogies de style et de manière qu'on peut essayer de deviner, parmi les artistes célèbres de cet âge, celui qui en aurait pu être l'auteur. Or, il semble que Pirro Ligorio se soit désigné lui-même dans la disposition des charmantes sculptures, tirées des Métamorphoses d'Ovide, qui décorent tout un des côtés de la grande terrasse, à l'extrémité de laquelle se trouvent rassemblés, dans une espèce d'amphithéâtre, les modèles en relief des principaux édifices de l'antique Rome : ce qui est encore une invention où l'on ne risque rien de reconnaître Pirro Ligorio, préludant ainsi à sa restauration générale de l'ancienne Rome. D'ailleurs, le style général de la décoration de cette *Villa*, emprunté dans la plupart de ses détails à la *Villa Hadriana* de Tivoli, dont notre architecte avait fait une étude si approfondie, fournit encore une présomption, et certainement la plus grave de toutes, à l'appui de cette conjecture; et quand on sait que Pirro Ligorio devint l'architecte du chef de la maison d'Este, à Ferrare, on doit trouver naturel qu'il ait pris part à la construction de la *Villa d'Este*, à Tivoli, commencée précisément à cette époque. Quoi qu'il en soit, ce fut en 1568 que Pirro Ligorio, appelé à Ferrare par le choix d'Alphonse II, se rendit à cette invitation flatteuse; et dès ce moment, sa destinée, fixée d'une manière irrévocable, s'écoula dans les travaux d'une profession paisible, au sein d'une union heureuse qu'il avait formée à Ferrare. Dès ce moment aussi, le nom de Pirro Ligorio cesse d'obtenir une place dans l'histoire de l'art de son temps. Livré tout entier aux soins qui résultent de l'architecture pratique, à des travaux plus utiles que brillants, qui naissent des nécessités de chaque jour, et dont le mérite ne s'étend guère au delà des besoins du moment, il se dérobe à la renommée par l'utilité même de cette vie active, autant que par le bonheur de sa vie domestique. Les distractions qu'il demande encore à l'étude, et qui se concentrent toutes dans la composition de son immense recueil d'antiquités, acquerront après lui une grande importance, par l'influence qu'elles exerceront sur le sort de sa mémoire, mais sans avoir pour lui, de son vivant, d'autre effet que de charmer ses dernières années, en en remplissant tous les loisirs.

Une seule circonstance mérite d'être remarquée dans cette dernière période de la vie de Pirro Ligorio; c'est que la ville de Ferrare, ayant éprouvé beaucoup de dommages dans une inondation du Pô, ce fut lui qui fut chargé de réparer tous les édifices qui avaient souffert; et l'on sait qu'il s'acquitta de cette tâche avec autant de succès que de talent. Ici, le grand architecte se montre ingénieur habile, comme ailleurs il s'était signalé en qualité de dessinateur et de peintre, comme en tout temps il s'était exercé à titre d'antiquaire. Mais ce n'est pourtant pas là une particularité qui doive beaucoup nous surprendre. Au temps de Pirro Ligorio, on n'avait pas encore imaginé cette division des professions et des talents qui fait l'orgueil et le mérite des siècles d'industrie. Alors, un habile architecte était ingénieur, suivant le besoin, comme il était peintre dans l'occasion. Il construisait des ponts, des routes, des canaux, fortifiait des places et des citadelles, tout en élevant des palais et des églises. C'est à d'autres temps qu'il était réservé de séparer les arts, comme les métiers, de décomposer l'homme, pour ainsi dire, comme on subdivise le travail, et de ne concéder aux artistes qu'une seule chose à savoir et à faire, pour le plus grand bien de la société, et pour le plus grand honneur de l'humanité. Mais, de ce côté, notre siècle est si supérieur au seizième, qu'il n'a pas à lui envier, même d'avoir eu tant de grands hommes à son service, quand il trouvait tant d'artistes dans un seul homme.

Aimé et estimé des princes de la maison d'Este, Pirro Ligorio mourut à Ferrare, où il passa les douze dernières années de sa vie, en 1580. On ne croit pas qu'il eût atteint une vieillesse bien avancée; et pourtant, si l'on en juge d'après le recueil de dessins qu'il a laissé, il avait eu une vie bien remplie.

Ce recueil, qui ne se compose pas de moins de trente-cinq volumes in-folio, et qui a dû être plus considérable encore, fut sans doute produit ou mis au net, durant le séjour de l'auteur à Ferrare; car plusieurs de ces volumes portent la dédicace au duc Alphonse, qui l'y avait appelé. On a souvent dit qu'il s'en trouvait à Naples dix autres volumes, qui auraient porté le nombre total à quarante-cinq; mais il est plus probable que ces volumes, qui ont passé du palais Farnèse dans la bibliothèque de Naples, sont, comme les douze qui se conservent dans celle du Vatican, et d'autres, qu'on connaît dans la bibliothèque Barberini, des copies faites sur les originaux par l'ordre de la reine Christine de Suède. Notre bibliothèque du Roi possède un volume de dissertations, ornées de dessins, sur divers points d'antiquité romaine, lequel paraît bien être au contraire un manuscrit original de Ligorio, par qui il aurait été donné au cardinal d'Estrées, ambassadeur à Rome[6]. Le recueil entier avait été dans la possession du célèbre commandeur Carlo del Pozzo; et il y aurait quelque chose de prodigieux, si l'on admettait l'assertion d'Is. Vossius, qui parle de *cent vingt* volumes, qu'il aurait vus lui-même[7], et dont il ne resterait pourtant que les trente-cinq, actuellement déposés dans la bibliothèque royale de Turin. Ce qui rendrait cette perte plus sensible, c'est que la collection entière eût été condamnée à rester inédite, puisqu'il n'en a été publié que des fragments, l'un, *sur les Antiquités de Rome, Cirques, Théâtres, et Amphithéâtres;* l'autre, *sur les Chars et Voitures des anciens*[8]. Quoi qu'il en soit, c'est ce recueil, réduit à ce nombre de volumes et rempli de dessins d'antiquités de toute espèce, qui fait, depuis près de trois siècles, tant d'honneur et tant de tort à la mémoire de Pirro Ligorio.

Il n'entre pas dans l'objet de cette notice d'exposer en détail la controverse qui s'est établie parmi les antiquaires, sur la sincérité des matériaux recueillis par Pirro Ligorio. Depuis si longtemps que dure cette contro-

BAS-RELIEF TIRÉ DE LA FAÇADE DE LA LOGE.

DESCRIPTION

DE

LA VILLA PIA.

S'il est des monuments à Rome qui imposent par la grandeur et la beauté de leurs proportions, et qui, dans le caractère mâle et sévère, ou élégant et riche de leur architecture, répondent à la haute fortune des chefs de l'Église et de l'État, il n'en est pas qui intéressent au même degré que la *Villa Pia* par un ensemble pittoresque, par l'accord de toutes les parties de l'édifice, par l'originalité de l'ajustement, par le goût exquis des détails. Le sentiment de l'admiration, qui est produit ailleurs par la grandeur des masses jointe à celle du style, trouve à s'exercer ici avec autant de force, et peut-être avec plus de charme encore, sur un monument de la proportion la plus humble, où tout est gracieux en même temps qu'approprié à sa destination; où chaque chose, neuve en soi, offre l'apparence d'une chose antique; où l'harmonie de l'ensemble s'embellit de l'heureux choix et de la fine exécution de chaque détail; où il n'est rien qui ne soit à sa place et achevé en soi, dans un tout qui ne saurait paraître ni plus complet ni mieux ordonné. Et cette dernière impression est sans doute celle qui rend l'effet de la *Villa Pia* aussi satisfaisant pour la raison que pour le goût. Il est si rare, même à Rome, qu'un même édifice, commencé à une époque et fini à une autre, n'offre pas de disparates de goût, de style, de manière; qu'il ne manque pas de quelqu'une de ses parties, ou qu'il ne pèche pas dans quelqu'une de ses dispositions, qu'un monument, tel que la *Villa Pia,* qui semble éclos d'une pensée unique et exécuté par la même main; qui n'a presque rien perdu par la faute du temps ni par celle de son auteur, et qui se présente aujourd'hui jeune et entier au bout de près de trois siècles, comme il fut produit en quelques années; qu'un pareil monument plaît, étonne, intéresse par tout ce qui flatte à la fois l'œil, le sentiment et la raison.

La place qu'occupe la *Villa Pia* ajoute encore à tous les motifs d'intérêt que sa vue excite. C'est au pied du mont Vatican, dans les jardins du *Belvedere,* qu'est située cette *Villa,* destinée par un pape à devenir pour les successeurs de l'Apôtre un lieu d'agréable repos et de délassement solitaire. Cachée en partie sous de délicieux ombrages, et baignée d'eaux fraîches et vives, elle s'élève modestement en face de cet immense palais du Vatican, où toutes les pompes de la religion se déploient au milieu de toutes les merveilles des arts. De sa loge et des portiques qui y conduisent, l'œil se promène alternativement sur les murs extérieurs de la chapelle Sixtine, sur le dôme d'une des sacristies de Saint-Pierre, sur une partie des murs du musée du Vatican, sur la loge du Bramante; et en même temps que l'œil parcourt cet espace si rempli de grands monuments, l'imagination embrasse à la fois tout ce qui fit, durant des siècles, la destinée du monde chrétien, tout ce qui fera éternellement l'honneur de l'humanité. Il n'est sans doute pas de lieu sur la terre où la pensée d'un pape pût se reposer au sein d'une nature plus riche et d'une retraite plus agréable, sur des souvenirs plus imposants et sur des images plus flatteuses.

Considérée en elle-même, à part de tout ce qui l'environne, la *Villa Pia* paraît encore un monument unique dans son genre, par tout le système de sa décoration. Tout ce que la sculpture et la peinture pouvaient offrir de ressources au génie de l'architecte a été mis en œuvre avec une richesse d'invention qui étonne dans un si petit espace, avec une liberté qui surprend encore davantage dans l'habitation d'un pape. Les sujets tirés de la Bible et de l'Évangile s'y mêlent à des compositions profanes, les uns et les autres traités dans le style propre à l'artiste, de manière que cet assemblage de motifs si divers présente un aspect uniforme et une couleur chrétienne. Mais cet aspect est riche et brillant, comme il convenait à une élégante *Villa;* et cette couleur chrétienne est tout imprégnée d'antiquité, comme cela devait être à Rome, même dans la demeure d'un pontife. C'est ce caractère d'antique et de chrétien, de sacré et de profane, qui se combinent ici d'une manière si heureuse, en produisant un effet si harmonieux et si piquant; c'est ce caractère original qui frappe au plus haut degré dans la décoration de la *Villa Pia*, et qui la distingue entre tous les monuments de Rome. Et c'est aussi une de ces apparitions dont il importe de se rendre bien compte pour apprécier le génie de l'art de cette époque, et pour en acquérir toute l'intelligence.

Déjà, sans doute, assez de beaux restes d'architecture antique avaient été rendus à la lumière, pour que le goût des architectes de la renaissance eût pu puiser en foule à cette source féconde des motifs d'ordonnance et de décoration. Les belles salles du palais de Titus et des Thermes qui en dépendent, devenues accessibles au XVIe siècle, avaient été l'une de ces révélations qui ne pouvaient demeurer stériles, et l'on avait pu voir, dans la décoration des loges du Vatican, de quelle manière le génie de la renaissance s'inspirait à la vue des chefs-d'œuvre de l'art antique, en imitant sans copier, et en inventant jusque dans ce qu'il imitait. Ce qui subsistait encore de la *Villa Hadriana*, près de Tivoli, et ce qui avait bien moins souffert alors que de nos jours des outrages du temps et des atteintes de la barbarie, de la cupidité et de la science même, s'était rendu pareillement sensible dans la création de la *Villa Madama*, où Jules Romain était resté original, tout en se faisant disciple des anciens. Pirro Ligorio, qui avait sous les yeux les mêmes modèles, et qui avait reçu de ses maîtres un pareil exemple, connaissait encore mieux qu'eux peut-être l'antiquité, et il sut s'en servir comme eux, en s'appropriant tout ce qu'il imitait, et en créant quelque chose de neuf au moyen d'éléments antiques. Certainement, pour quiconque s'est rendu familiers les admirables débris des Thermes et des palais de la Rome des Césars; pour qui connaît les ruines de leurs

Villa, et celles de leurs tombeaux, décorés dans le même goût que leurs *Villa,* avec la même richesse de peintures, de stucs et de dorures, la vue de la *Villa Pia* rappelle à la fois, dans son ensemble et dans ses détails, quelque chose des *Thermes de Titus* et des *Bains de Livie,* des belles cryptes de la *Villa Hadriana* et des tombeaux de la voie Flaminia, c'est-à-dire, d'édifices qu'on avait déjà découverts, et d'autres qu'on ne connaissait pas encore, sans que pourtant il soit possible de signaler dans cet ouvrage un emprunt matériel et une copie servile, sans qu'on puisse dire de son auteur autre chose, si ce n'est qu'en imitant l'antiquité, tout comme en la devinant, il a su être original.

Ce génie d'invention féconde et de combinaison savante qui distinguait les grands maîtres du XVIe siècle, et qui mériterait bien encore de servir d'exemple au nôtre, où l'on a la prétention d'admirer la renaissance, tout en affectant de mépriser l'antique; ce génie qui était propre à Pirro Ligorio, et qui fait de sa *Villa Pia* un modèle véritablement accompli d'une création originale et d'une imitation heureuse, était sans doute une qualité de l'artiste; mais c'était aussi un avantage, on pourrait presque dire, une propriété du siècle où il vécut; car il y a pour les arts de ces époques heureuses où l'habileté est commune et la raison vulgaire; où, pour des talents vrais, naissent partout des occasions nombreuses et des succès faciles; où chaque homme de génie se trouve naturellement à sa place, avec tout ce qu'il lui faut de collaborateurs habiles, au milieu de tout son siècle qui l'applaudit; où tout le monde à la fois, gouvernement, artistes et public, cède à l'entraînement irrésistible d'une même pensée, et s'unit dans le sentiment d'une gloire commune. Alors, il se présente pour tout un Vatican à construire et à décorer, des souverains comme Jules II et Léon X, des architectes comme Bramante et Vignole, des peintres comme Raphaël et son école; alors, sans que personne s'en mêle, et comme par l'effet d'une inspiration vraiment divine, car elle est bien populaire, chacun prend de lui-même la part qui lui revient dans ce grand travail de toute une génération; tout le monde se comprend, se met d'accord, semble fait l'un pour l'autre, le souverain et le peuple, l'œuvre et l'artiste; il y a dans tout ce qui se fait un air de famille, en même temps qu'une physionomie particulière; partout enfin, dans la société et dans le pouvoir, dans l'opinion et dans le goût, il règne un accord, une intelligence qui se réfléchissent dans les monuments par l'unité qu'ils y produisent, aussi bien que dans les hommes, en leur faisant acquérir toute leur valeur, et montrer toute leur puissance, fût-ce dans un seul ouvrage.

Ce que je dis ici s'applique à l'œuvre de Pirro Ligorio et à Pirro Ligorio lui-même, plus qu'à aucun autre monument de Rome, et plus qu'à personne. La *Villa Pia*, où des sujets mythologiques se montrent partout avec des sujets bibliques et chrétiens; où des talents aussi divers que ceux de Federico Zuccheri et de Baroccio, de Santi di Tito et de Schiavone, s'associent sans se nuire et sans se confondre; cette *Villa*, que tous les arts ont concouru à embellir, en se servant de toutes les matières, de la brique et du stuc, du travertin et du marbre, du péperin et du porphyre, de la mosaïque et du caillou, de la dorure et de la couleur; sans compter les eaux, les gazons, les arbres, les fleurs qui contribuent à la parer; cette *Villa*, si riche et si variée dans ses détails, si complète et si achevée dans son ensemble, est bien l'œuvre d'un seul homme, pour être le produit de tant de mains. C'est bien aussi un monument de la renaissance, pour avoir l'aspect d'une *Villa* antique; et, malgré ces sujets profanes, malgré ces réminiscences antiques, c'est bien enfin l'habitation d'un pape, telle qu'elle devait se produire au sein de la Rome de Léon X.

Sous ce dernier rapport surtout, la *Villa Pia* est certainement un des monuments de Rome qui caractérisent le mieux le génie de ce siècle, et celui de l'art qui s'y était nourri à la fois des inspirations du christianisme et des traditions de l'antiquité; et nulle part sans doute, le spectacle donné alors au monde, de la Rome chrétienne et de la Rome antique qui se soutenaient et s'embellissaient partout l'une par l'autre, n'a été rendu plus intéressant et plus sensible que dans cette œuvre de Pirro Ligorio, et dans cette *Villa* d'un pape. Il est bien évident, en effet, que ce n'est pas au caprice d'un artiste, ou bien à l'indifférence d'un chef de l'Église, qu'est dû ce mélange de sujets sacrés et d'images païennes dont se compose la décoration de la *Villa Pia*. Tout homme qui, arrêté sur le seuil même de la basilique du Vatican, a pu jeter les yeux sur sa porte de bronze, et distinguer, dans les ornements qui encadrent les sujets bibliques, tant de figures et de groupes profanes qui ne pourraient étonner ici que l'ignorance et scandaliser que le faux zèle, jugera mieux l'esprit qui inspirait alors l'Église et ses chefs, la nation et ses artistes. C'est que, pour tout le monde, à Rome, peuple et clergé, l'art antique, resté pur ou devenu innocent de toute idée d'idolâtrie, n'était plus qu'une portion, et la plus précieuse, de l'héritage de l'antiquité; c'est qu'alors le christianisme, sûr de sa force et libre dans sa puissance, aimait à se parer de tout ce qui avait fait à une autre époque l'honneur de l'humanité; c'est qu'enfin la religion, qui dominait le monde du haut du siége de Saint-Pierre, se sentait digne de rivaliser, par ses propres chefs-d'œuvre, avec ceux de la société antique, et qu'elle avait doublement à s'applaudir de régner au Vatican, en y plaçant, sous Léon X, l'*École d'Athènes*, comme plus tard, sous Clément XIV, sous Pie VI, sous Pie VII, et jusque de nos jours sous Grégoire XVI, en y ouvrant aux nobles débris des arts de la Grèce et de Rome ces splendides asiles qu'on appelle Museo Pio Clementino, Museo Chiaramonti, Museo Gregoriano. Tel était donc l'esprit généreux qui animait les pontifes de Rome, et que l'on ne comprend bien qu'à Rome, où il a produit tant de merveilles, tandis que partout ailleurs, et pour ainsi dire à mesure que l'on s'éloigne de ce siége de l'Église et des lumières, des vues étroites et des préjugés timides tendent à circonscrire le christianisme dans le goût aride et dans la triste nudité des églises gothiques.

J'avais besoin de préluder par ces considérations à la description de notre *Villa*, et maintenant qu'il s'agit de la faire connaître à nos lecteurs, il semble que ma tâche doive se réduire à suivre pas à pas notre architecte dans toutes les parties de l'édifice qu'il reproduit sous nos yeux, m'arrêtant avec lui devant chaque façade, dans chaque salon, me recueillant à ses côtés, rappelant mes souvenirs devant ses dessins; et finissant, à force de m'associer à son travail, par me retrouver moi-même à la *Villa Pia*, telle que je l'ai vue et telle qu'il nous la donne. Mais, avant toute chose, je dois servir ici d'interprète à sa reconnaissance envers M. Materassi, secrétaire du majordome de Sa Sainteté; c'est à la complaisance de cet excellent homme que M. Jules Bouchet a dû de pouvoir s'établir à la *Villa Pia* toute la journée, durant bien des semaines entières; de devenir pour ainsi dire l'hôte de cette demeure des papes, sans y trouver de témoin fâcheux, de surveillant incommode; de tout voir, tout mesurer, tout dessiner, comme s'il s'agissait ici d'une habitation vulgaire ou d'un monument public. Que M. Materassi reçoive donc ici l'hommage de la reconnaissance qui lui est due; mais disons à cette occasion que c'est encore à Rome plus que partout ailleurs, que les artistes sont accoutumés à obtenir cet accueil facile, cette hospitalité bienveillante qui font qu'ils peuvent se regarder comme chez eux partout où il y a une étude à faire, un monument à dessiner : douce et noble hospitalité, qui tient ici au culte des arts, et qui semble, à ce titre, faire partie de la religion même du pays!

La *Villa Pia* s'élève, comme je l'ai dit, au pied du mont Vatican, dans les jardins du *Belvedere*, au centre d'une espèce d'amphithéâtre de la verdure la plus fraîche et de la végétation la plus brillante. Dans la pensée de Paul IV, qui en fit commencer la construction, probablement vers 1555, cette *Villa* était destinée à servir de lieu de repos ou de réception, plutôt que d'habitation proprement dite. L'unique chambre à coucher qui se trouve au premier étage du *casin*, eût été insuffisante pour cet objet; sans compter qu'il ne se voit ici aucune des dépendances nombreuses et nécessaires qu'aurait exigées le séjour des papes. Mais on conçoit que les successeurs de Léon X aient eu besoin d'échapper quelquefois à l'étiquette sévère et à l'ennui solennel de leur cour ecclésiastique, et qu'ils aient voulu se ménager une retraite agréable, pour y respirer quelques instants en liberté sous les ombrages du Vatican. La grandeur est toujours si imposante, surtout à Rome, et la triple tiare est quelquefois si lourde à porter, même pour le front le plus ferme, qu'on ne s'étonne pas qu'un pape ait cherché de temps en temps à redevenir homme, et à se trouver seul, au sein de la nature, sans autres courtisans que les arts. Tel fut sans doute le programme que Paul IV avait dicté à Pirro Ligorio, et qui fut exécuté fidèlement pour Pie IV; et cette scène muette, que nous trouvons représentée sur une de nos planches, et qui se passe sous le vestibule de notre *Villa*, entre le pontife et l'architecte, seuls confidents l'un de l'autre, nous explique mieux que tout ce qu'on pourrait dire, le dessein de ce monument, et la pensée qui y présida

Ce programme suffit aussi pour exclure l'idée qui a pu se présenter d'abord avec quelque apparence de vérité, l'idée que la *Villa Pia* ait été bâtie à l'imitation des maisons antiques. Rien, dans le plan et dans l'ordonnance de cet édifice, n'autorise en effet une pareille supposition. Ce que l'on connaît, par les écrits des anciens et par leurs monuments, de la disposition de leurs habitations de ville ou de campagne, ne se retrouve dans aucune des parties de notre *Villa;* et Pirro Ligorio, antiquaire habile autant qu'architecte consommé, avait cependant assez de savoir pour entendre Vitruve, et même assez de génie pour deviner Herculanum et Pompeï. Mais il n'a point fait ici une maison antique, parce qu'il ne s'agissait point d'une habitation réelle; et parce que, chargé d'élever à l'usage des papes un édifice qui n'avait point d'exemple, ni chez les anciens, ni chez les modernes, il ne devait chercher de modèle qu'en lui-même, en prenant des inspirations partout.

Entrons maintenant dans la *Villa Pia*, et, en parcourant ce charmant édifice, cherchons d'abord à nous rendre compte de sa disposition générale. On y arrive, en partant du palais du Vatican, par les terrasses supérieures du jardin du *Belvedere*. Sa façade, tournée au soleil levant, se présente sous l'aspect d'une loge ouverte, élevée sur un grand soubassement baigné par les eaux d'un bassin et figurant un *Nymphée*. Quatre de ces figures, qui se nommaient *Atlantes* ou *Télamons*, dans l'architecture des anciens, faisaient ici l'office de supports sur le devant de ce soubassement, et ces figures, conçues elles-mêmes dans le style antique, comme on le voit dans le dessin de notre architecte, car elles manquent aujourd'hui dans le monument, ces figures, dis-je, représentent des *Satyres à jambes de bouc*, tels qu'il y en eut dans l'antiquité employés au même usage, et tels que, du temps de Pirro Ligorio, il en existait déjà deux dans le *cortile* du *palais Valle*, qui se voient maintenant au fond de la cour du musée du Capitole. Ce soubassement est orné en outre de trois statues antiques, l'une desquelles, placée au milieu, représente une de ces figures assises de *Cybèle à tête tourellée*, qui servirent, dans l'antiquité romaine, de types pour les images de *Villes personnifiées*, et qui, dans leur intention primitive et à cette place même, à la base d'un édifice baigné par les eaux, offrent à la fois une allusion juste autant qu'ingénieuse, et une réminiscence savante. Les eaux qui alimentent le bassin où plonge le soubassement de la loge, sont versées par des masques, d'un caractère antique, également bien appropriés à cet usage.

Du pied de ce *Nymphée*, et de chaque côté du soubassement qui le forme, montent deux escaliers, légèrement courbés en dehors, et dont les paliers nombreux adoucissent encore la pente, en même temps qu'ils se prêtent au besoin d'une contemplation qui devient ici de moments en moments plus pressante et plus douce à satisfaire. Ces escaliers aboutissent à deux petits portiques latéraux qui donnent entrée dans une cour ovale, pavée de compartiments en mosaïque, fermée d'un mur d'appui, et entourée de bancs agréablement disposés. Au centre de cette cour, est une fontaine jaillissante, dont les eaux sont reçues dans une vasque en marbre violet antique, précieux par la matière, plus précieux encore par le travail. Un groupe d'un *Enfant porté sur un Dauphin* décore chaque extrémité de cette fontaine ; l'un et l'autre groupe, de travail antique et d'une bonne époque romaine. La fontaine entière a été exécutée sur les dessins du Fiammingo. Avant d'aller plus loin, arrêtons-nous quelques instants dans cette cour, où la fraîcheur de ces eaux, jointe à l'agrément de ces sculptures, invite doublement à jouir d'un repos disposé avec tant de goût. Le mur d'appui qui forme l'enceinte de cette cour est maintenant orné de bustes et de sarcophages antiques. Mais ce genre d'ornement, assez conforme aux habitudes romaines, est étranger au plan primitif : c'étaient des vases de fleurs qui composaient autrefois cette décoration, mieux appropriée sans doute au caractère et à la destination de l'édifice; et c'est avec raison que notre architecte a rétabli dans son dessin, au moyen des traces qu'il a pu retrouver encore de la place de ces vases et de leur diamètre, un motif d'ornement qui manque aujourd'hui dans le monument.

De la cour, où nous venons de nous arrêter, transportons-nous d'abord dans la loge ouverte qui forme, au-dessus du *Nymphée*, une sorte d'avant-corps par rapport à l'édifice principal ou au *Casin*. Cette loge consiste en un portique ouvert, des deux côtés, sur la façade et sur la cour. L'intérieur en est pavé en compartiments de marbres diversement colorés, et se termine, à ses deux extrémités, par deux hémicycles, que remplissent deux fontaines en marbre blanc, d'un goût excellent et d'un travail exquis. A l'agrément de ces eaux jaillissantes se joint celui des stucs et des peintures dont sont décorées la voûte et les parois; et, sur le devant, règne une balustrade qui permet d'associer encore, dans une contemplation commune, le charme des arts et celui de la nature. C'est sur cette façade qu'est placée l'inscription suivante, conçue dans la langue du siècle d'Auguste, et faite pour constater l'érection d'un monument vraiment digne de ce siècle :

PIVS. IIII. MEDICES. MEDIOLANENS. PONTIFEX. MAXIMVS.
IN NEMORE. PALATII. VATICANI. PORTICVM.
APSIDATAM. CVM. COLVMNIS. NVMIDICIS. FONTIBVS.
NYMPHEO. IMMINENTEM. E. REGIONE. AREAE.
EXTRVXIT. ANNO. SALVTIS. MDLXI.

Le *Casin* qui se présente en face de la loge, de l'autre côté de la cour, est précédé d'un vestibule ouvert sur cette cour, dont l'ordre et la disposition ressemblent en tout au portique de la loge. Ce vestibule se termine également, à ses deux extrémités, par deux hémicycles, où deux fontaines, pareillement de marbre blanc, mais d'une composition différente et d'un travail tout aussi parfait, répandent la fraîcheur de leurs eaux. La voûte et les parois sont ornées dans le même goût, mais avec plus de richesse encore, de bas-reliefs en stuc, de peintures, et de statues placées dans des niches. C'est dans le même système qu'est conçue l'élévation de la façade, composée de deux étages, où des pilastres ornés en arabesques alternent avec des niches décorées de statues et de bas-reliefs. Sur cette façade se lit encore, dans la frise du rez-de-chaussée, l'inscription :

PIVS. IIII. PONTIFEX. OPTIMVS. MAXIMVS.

et, sur un large cartel qui remplit l'espace central du premier étage, cette autre inscription, qui complète, en langage digne des beaux siècles de Rome, la description du monument, et qui achève d'en faire connaître la destination :

PIVS. IIII. MEDICES. MEDIOLANEN. PONT. MAX.
HANC. IN. NEMORE. PALATII. APOSTOLICI. AREAM.
PORTICVM. FONTEM. AEDIFICIVMQVE.
CONSTITVIT. VSVIQVE. SVO. ET. SVCCEDENTIVM.
SIBI. PONTIFICVM. DEDICAVIT. ANN. SAL. MDLXI.

De ce vestibule on passe dans la pièce principale du *Casin;* c'est une salle oblongue, ornée, dans son pourtour, de colonnes et de cippes portant des bustes antiques. La voûte en est décorée, avec une profusion qui réduit la parole à l'impuissance, et que le dessin seul peut rendre sensible à l'œil, sans pouvoir encore atteindre au charme de la réalité, de peintures et de stucs dans l'invention desquels le génie et le goût de l'architecte ont été admirablement secondés par le talent des artistes. Le pavé de cette salle, comme celui des autres pièces du rez-de-chaussée, est formé de petits carreaux de faïence, de diverses couleurs, qui produisent aussi leur effet dans cette ordonnance si riche et si brillante. Le petit salon qui suit est orné, dans sa voûte, de nombreuses et charmantes peintures, au milieu desquelles se distingue un tableau de *la Visitation.* Ce salon donne accès à une pièce oblongue, destinée à l'usage d'un cabinet de travail. C'est là que l'artiste semble s'être surpassé par la délicatesse des ornements, par la perfection des détails qu'il a prodigués, de manière à faire de cette pièce, où la pensée devait se recueillir en elle-même, une retraite délicieuse pour le sentiment et pour le goût. Mais c'est aussi là, malheureusement, que l'influence du temps, peut-être aussi l'effet de la négligence, se font le plus sentir dans la nudité d'une partie de la voûte, d'où le sujet du milieu s'est entièrement détaché.

L'escalier qui conduit aux appartements du premier étage est pratiqué dans la partie du rez-de-chaussée qui fait face à ce cabinet. Le plan du premier étage reproduit d'ailleurs avec exactitude la disposition des appartements inférieurs. La pièce qui est au-dessus du cabinet, semble avoir été destinée à servir de chambre à coucher; mais il ne paraît pas qu'elle ait jamais reçu cette destination; de plus, elle est décorée avec une simplicité qui doit faire excuser notre architecte de ne l'avoir pas comprise dans son travail. C'est dans les deux pièces qui répondent au petit et au grand salon du rez-de-chaussée, que l'artiste a repris tous ses avantages, en donnant de nouveau carrière à son génie, tout en usant avec plus de sobriété des éléments de décoration qu'il puisait à la fois dans son imagination et dans l'antique. Mais c'est surtout la petite galerie qui forme la partie antérieure de cet étage, et dont les fenêtres donnent sur la cour ovale, occupant par conséquent le dessus du vestibule, qui porte le plus sensiblement l'empreinte d'inspirations puisées chez les anciens. La décoration de la voûte offre une analogie qu'on ne peut méconnaître avec celle des *Thermes* antiques, si bien connus déjà à l'époque de Pirro Ligorio, et si bien mis à profit dès le temps de Jean d'Udine. La corniche de cette voûte est surtout remarquable par une grande originalité de motif et d'ajustement. Pour terminer la description de notre *Villa*, je n'ai plus qu'à indiquer le *Belvedere* qui en domine le comble. On y parvient par un petit escalier circulaire pratiqué à l'un des angles de la chambre à coucher. Du reste, ce *Belvedere* montre assez, par la charpente restée apparente et dépourvue de tout ornement, qu'il n'a été construit que pour offrir un point de vue élevé sur les bâtiments et sur les jardins du Vatican; et l'on conçoit en effet que, de cette place, où l'immense palais des papes se développe à l'œil avec sa prodigieuse basilique, l'art et la nature n'avaient plus rien laissé à faire au génie de l'architecte.

Voilà bien la description de notre *Villa*, telle qu'on peut la représenter par le langage et la parcourir sur le plan. Mais cette richesse et cette variété d'ornements qui la décorent; mais cette abondance de stucs et de peintures, de statues et de mosaïques qui en couvrent toutes les parois, comment en donner une idée par des paroles? et comment rivaliser avec le dessin, qui lui-même, privé de la magie des couleurs, laisse encore tant à faire à l'imagination et à la pensée? Essayons pourtant d'indiquer à nos lecteurs ce que la décoration de la *Villa Pia* offre de plus remarquable, en choisissant parmi tous les objets qui la composent ceux que le discours peut rendre et que l'intelligence peut saisir.

Et d'abord, arrêtons-nous sous ces petits portiques que nous avons traversés si rapidement, et qui forment, de chaque côté de la cour, deux espèces d'arcs de triomphe, voûtés et surmontés d'un fronton, dont le faîte est orné, du côté de la cour, d'une statue drapée. Des figures de *Jeunes Enfants*, sculptées au-dessus des montants, indiquent les *Saisons de la vie*, sous les traits aimables de l'adolescence : c'est une de ces idées antiques qui étaient tombées naturellement dans le domaine de l'art moderne. Les parois sont décorées entièrement de mosaïques en cailloutage, d'une manière dont on peut prendre une idée dans notre planche XIX. Trois niches, distribuées sur chacune de ces parois, devaient renfermer des figures pareillement conçues dans le goût antique, telles qu'un *Jeune Satyre* jouant de la flûte, une *Vénus à sa toilette*, une *Diane en repos;* et notre architecte, en les rétablissant dans son dessin, n'a fait sans doute que se conformer à la pensée de l'auteur. La voûte, toute en stucs blancs, est ornée, au milieu, d'un médaillon contenant l'inscription pontificale, et dans le champ, d'un sujet qui représente la *Naissance de Vénus*, encadrée de charmantes arabesques. L'autre portique est décoré, à la place correspondante, d'une composition relative au *Triomphe de Neptune;* en sorte que tout, dans ces portiques qui conduisent à la *Villa*, tient à l'antiquité et à la mythologie, pour ainsi dire, comme Rome chrétienne tient à Rome antique.

Nous entrons dans la cour; mais avant d'aller plus loin, jetons du moins un coup d'œil sur la façade latérale de la loge, telle que nous la montre la pl. XXI. Les anciens se plaisaient à représenter, sous toutes les formes, le plus souvent d'une manière allégorique, mais toujours sous des images poétiques, le *Cours de la vie humaine* heureusement accompli. Ne serait-ce pas un motif semblable que notre architecte aurait voulu placer sur cette façade de la loge, en y figurant, dans le fronton, une *Femme* qui réunit au caractère de l'*Aurore* l'attribut de l'*Abondance;* image du printemps de la vie, si heureusement associée à la présence d'un *Fleuve;* et, dans le champ de l'attique, un *Vieillard* tenant une lyre et mollement couché dans une barque, qu'accueille, à l'entrée des Champs Élysées, la *Félicité,* sous les traits d'une *Nymphe;* autre image du déclin de la vie, si bien placée à la suite de la première? Si ce n'est pas là la pensée de l'auteur, c'est du moins celle que suggère la vue de ces bas-reliefs, d'une composition si ingénieuse et d'un effet si agréable. L'allégorie en avait certainement dicté le motif, puisqu'elle règne dans tous les détails de cette ordonnance. Mais ici, comme ailleurs, une pensée grave et sévère servait de base à cette décoration riante; et l'image de la *Foi,* FIDES, placée dans le soubassement, devait indiquer que c'est sur cet unique fondement que repose tout le bonheur de la vie.

Plaçons-nous maintenant dans la cour ovale, où l'œil embrasse à la fois la façade du *Casin* et celle de la loge, et arrêtons-nous-y quelques instants; car rien ne saurait mieux donner l'idée du goût exquis, joint à la raison profonde, qui règne dans toute la composition de ce charmant édifice, que l'ordonnance de ces deux façades, où chaque motif présente une image riante dans un ensemble harmonieux. La façade de la loge, terminée en fronton, porte, pour couronnement, à son sommet, une figure d'*Hygie.* Le milieu du fronton est occupé par un médaillon figurant un zodiaque, au centre duquel l'*Aurore,* vêtue d'un voile transparent qui voltige au-dessus d'elle, conduit *quatre chevaux ailés;* ce sont ceux du *Soleil* qu'elle va atteler à son char; et de chaque côté, une *Femme assise*, *Flore* et *Pomone*, désignées chacune par leur nom, FLORA, POMONA, avec les attributs qui leur sont propres, complètent cette représentation, où la brillante *chaleur du Soleil*, mise en rapport avec la *Santé,* fournit un motif si bien approprié au couronnement de l'édifice. L'espèce d'attique qui s'étend au-dessous du fronton, est orné, dans sa partie principale, d'une édicule, où se voit une *Nymphe de fleuve* appuyée sur son urne : c'est celle du *Pierius,* ainsi que l'indique son nom, PIERIUS; et, de chaque côté encore, des chœurs de femmes, qui s'animent au son des instruments, en se livrant au plaisir de la danse, offrent une de ces images riantes, qui, pour être empruntées dans tous leurs éléments aux traditions de l'antiquité, n'en étaient pas moins propres à décorer l'agréable retraite où le pape, descendu du trône pontifical, venait rafraîchir ses idées, au milieu des eaux et des fleurs, redevenir jeune, en présence de ces brillantes fictions de la jeunesse des peuples, et, pour ainsi dire, retremper sa vie aux sources fécondes de la réalité et de la Fable.

Rien de plus agréable, de plus brillant que la décoration intérieure de cette loge, où le sacré et le profane s'associent également; mais l'un, à la place principale, là où la pensée s'élève avec le regard; l'autre, employé, d'une manière secondaire et subordonnée, dans la distribution des arabesques. Tous les ornements, à partir du dessous de la voûte, sont en stuc, à l'exception des rinceaux autour des niches, qui sont coloriés. Dans ces niches sont placées des figures de femmes ou de *Muses*, dans le style antique. La voûte, composée d'une manière très-remarquable, consistant en une colonnade d'ordres variés, exécutés en stuc, est ornée, dans sa partie supérieure, de trois tableaux bibliques, tirés de l'*Histoire de Moïse :* ces peintures sont de la main de Federigo Zuccheri. D'autres sujets, d'une moindre dimension, placés dans les entre-colonnements, appartiennent au même maître. Ils rappellent quelques circonstances de la *fable d'Adonis;* et des groupes de *Tritons* et de *Néréides,* modelés en stuc, dans la frise au-dessous, offrent autant d'images mythologiques qui se lieut à celle-là.

C'est encore l'antiquité qui a fourni à l'artiste tous les éléments de la façade du *Casin;* mais tous ces motifs y sont rapportés avec un goût exquis à une intention commune, et combinés de manière à produire une conception aussi brillante que neuve et originale. Des deux grandes divisions dont se compose l'élévation de cette façade, au-dessus du portique, la première, celle du haut, est ornée, à ses deux extrémités, d'une niche où se voit une statue antique de *Femme voilée :* ce seraient la *Justice* et la *Pudeur* personnifiées, comme on les voit dans les médailles antiques, si la restauration n'a pas fait ici quelque violence au monument original. Dans la seconde division, l'artiste n'a dû qu'à lui-même les éléments de sa décoration. De chaque côté de la couronne qui renferme les armes pontificales, et que soutiennent *deux Génies ailés*, s'ouvrent deux niches, où sont représentés des sujets de bas-relief, en stuc; dans l'une de ces niches, à gauche, sont deux femmes qui jouent de la lyre et du tambourin : c'est une *Bacchante* avec une *Muse,* si l'on s'en rapporte au mouvement de ces figures; c'est une image de la *chaleur du Soleil*, si l'on s'en tient à l'inscription : AEGLE SOLIS; mais peut-être y aurait-il ici quelque illusion produite par des caractères aujourd'hui presque effacés, ou bien quelque allusion qui nous échappe. L'autre niche renferme *trois Femmes*, *ailées* et *vêtues* comme la *Victoire*, qui se tiennent embrassées comme les *Grâces*. Leurs noms servent ici à les faire reconnaître sans difficulté : ce sont IRENE, DICE, EVNOMIE, la *Paix*, la *Justice* et la *Concorde ;* trois femmes dignes en effet d'être associées l'une à l'autre sur le frontispice d'une habitation, où tout respire des idées riantes, nobles et douces. Les deux niches latérales, avec les médaillons qui les surmontent, complètent cette représentation, en y ajoutant des images qui pourraient sembler un peu profanes, même ailleurs que dans la demeure d'un pape; c'est, d'un côté, l'image du *Sommeil*, placée au-dessous d'un *Fleuve* épanchant son onde; de l'autre, la figure de *Pan*, assis au-dessous d'une *Nymphe sortant du bain ;* toujours, comme on le voit, des images empruntées à la réalité et revêtues du costume de la Fable; c'est-à-dire, ce qui fait le charme de la vie, présenté sous une forme poétique, la nature ennoblie par l'imagination, et l'art de jouir épuré par l'art de penser.

Entrons maintenant dans le *Casin*, et d'abord arrêtons-nous sous le vestibule, dont notre planche IX permet d'embrasser l'ensemble et les détails de la décoration, d'une manière qui pourrait dispenser de toute explication. Les quatre niches qui décorent les deux hémicycles sont occupées par des figures allégoriques, conçues dans le style antique. Sur le mur du fond, l'entre-colonnement du milieu est rempli par une niche où se voit une figure de la *Diane d'Éphèse*, exécutée de bas-relief, en une sorte de mosaïque en cailloutage de diverses couleurs; et, ici encore, on pourrait être surpris de trouver cette personnification de la déesse *Nature*, telle que les Grecs l'avaient conçue d'après un ancien type asiatique, si déjà l'on n'était accoutumé à cet emploi de figures mythologiques, qui, depuis si longtemps dépouillées de leur sens religieux, ne pouvaient plus exprimer que des idées morales, en même temps qu'elles rappelaient des images agréables. C'est ce qui apparaît surtout dans la décoration de la frise, consistant en une suite de figures de *petits Génies nus* et *ailés*, luttant entre eux, sur des chars attelés d'animaux divers, réels ou fantastiques; composition charmante, qui imite plutôt qu'elle ne représente les *jeux du cirque*, lesquels n'étaient eux-mêmes, sous cette forme mythologique, qu'une image brillante des illusions de la vie. Mais toutes ces réminiscences d'un art profane s'effacent et disparaissent devant les peintures de la voûte, où le christianisme se montre à son tour à la place principale, avec son caractère grave et sévère, toujours cependant tempéré par l'aménité des formes et l'agrément des détails. Toute cette voûte est décorée en stucs blancs, avec les ornements des moulures dorés. Les principaux sujets, exécutés de la main de Santi di Tito, représentent l'*Histoire d'Adam et Ève*. D'autres sujets bibliques sont distribués dans les voûtes des hémicycles, au milieu d'encadrements d'un goût exquis et d'une exécution charmante; et l'on n'aurait encore qu'une trop faible idée de l'effet que produit ici l'emploi des stucs et des peintures, joint à celui des matières diverses, si l'on n'ajoutait que toutes les parties de ce vestibule sont décorées dans le même principe. Ainsi, les marches et l'entablement sont en travertin, le fût de la colonne en granit gris; la base et le chapiteau en marbre blanc; la frise est coloriée sur fond brun-rouge; et toute la décoration du vestibule, à partir du dessous de cette frise, est en cailloutage de diverses couleurs, comme le pavé en carreaux de faïence. Tout est donc ici colorié ou orné; tout est sculpté ou peint; et l'on se ferait difficilement l'idée d'un ensemble à la fois plus riche et plus harmonieux, plus pittoresque et plus piquant.

C'est le même goût qui règne dans la décoration de la grande salle qui suit, mais toujours avec ces variétés de détail, qui procèdent ici, comme dans l'antique, d'une veine inépuisable, et qu'il semble que nos artistes de la renaissance eussent devinée de l'antique, parce qu'il leur avait suffi d'une seule révélation pour embrasser tout le système. La voûte de cette salle est coloriée sur fond blanc, à l'exception des divers camées et caissons, dont les fonds sont alternativement verts, rouges ou ocres, et des grandes figures allégoriques des angles, qui sont coloriées sur fond puce. Les sujets des fresques, tirés de l'*Histoire de la Vierge* et des *Apôtres*, ont été peints par Federigo Zuccheri. Mais ces compositions chrétiennes se trouvent ici placées entre des panneaux ajustés et peints dans le goût antique, avec des éléments qui semblent dérobés des murailles de Pompeï, paysages, arabesques, figures, chimères; en sorte que l'on ne saurait dire qui des anciens et des modernes ont contribué le plus à l'ensemble de cette décoration brillante, dont l'invention et le goût appartiennent à la renaissance, et dont l'exécution est tout antique. C'est la même impression que produit l'aspect de la salle qui succède à celle-là. La voûte en est également coloriée sur fond blanc, et ornée, dans les milieux, de sujets sacrés, tirés de l'*Histoire de la Vierge*, et peints par Federigo Baroccio. Mais le champ presque entier de cette voûte est rempli d'arabesques, dont les motifs sont tous puisés dans l'antiquité; et ce n'est pas sans quelque surprise que l'œil distingue encore, parmi ces brillants caprices d'un pinceau facile et d'une imagination féconde, de petites compositions qui ont rapport au culte des arts; d'autres qui offrent une image des plaisirs de la vie; toutes conçues sous une forme poétique et même un peu profane.

Si la voûte du cabinet de travail est moins riche en détails que les précédentes, elle n'en est pas moins remarquable par l'originalité de sa composition. Elle représente une espèce de portique formé de niches et soutenu par des termes. Des figures allégoriques, placées dans les niches, font allusion à la *Religion*, à l'*Éloquence*, à la *Renommée*. C'est là l'idée principale qui domine dans la composition de cette voûte, dans les détails de laquelle il semble ensuite que l'artiste, libre de toute contrainte et presque affranchi de tout scrupule, se soit abandonné à toutes les fantaisies de sa pensée, en multipliant partout des figures de *Néréides* portées par des *Monstres marins* ou par des *Tritons*, d'*Enfants* et de *Génies* jouant avec des *Femmes terminées en poissons* : aimables et brillants caprices de l'art antique, qui traduisent ici en images, dans ce cabinet d'étude et de travail, les douces erreurs d'une imagination qui se joue et d'un esprit qui se délasse.

La voûte de l'escalier, telle qu'on peut en prendre une idée dans notre planche XIV, se recommande par un autre genre de mérite. La richesse et l'harmonie des couleurs la rendent extrêmement remarquable, et de plus, elle est ornée, dans les principaux milieux, de motifs qui semblent en rapport avec l'histoire de la *Villa* même, peints par Santi di Tito, et qui offrent à ce titre un genre d'intérêt particulier. Malheureusement, ces peintures ont beaucoup souffert de l'humidité; et l'on regretterait de se voir ainsi privé de renseignements qu'on aurait pu y puiser sur les relations du pontife et de l'architecte, si, à en juger d'après ce qu'on peut encore en reconnaître, cette histoire n'avait été représentée ici, comme tout le reste, sous une forme poétique. Ce n'a donc jamais été, dans la pensée de l'artiste, une histoire réelle; et maintenant, ce n'est plus qu'une peinture presque évanouie; en sorte qu'ici, il ne reste de la réalité, comme de l'art, qu'une image et qu'une ombre.

Il faut renoncer à décrire ce que l'œil seul peut saisir, ce que le burin seul peut rendre. J'ai déjà dit que la décoration de la petite galerie, qui occupe le dessus du vestibule, offre une analogie frappante avec celle des *Thermes* antiques. C'est tout ce que je puis dire encore, en ajoutant qu'il règne ici une richesse de couleurs et une variété de tons, dont il est impossible de donner l'idée par la parole. Il en est de même des nombreux détails qui entrent dans la composition de la voûte. Si le sujet principal ne représentait une de ces scènes de la *Sainte Famille,* à la fois si graves et si naïves dans leur objet, on se croirait réellement ici transporté sous une des plus charmantes voûtes des *Thermes de Titus.* Mais il a suffi au christianisme d'apparaître ici dans un de ces tableaux où respire son génie tout entier, pour que tout cet ensemble de motifs mythologiques et d'images profanes ne fût plus qu'un cadre brillant, où l'esprit se joue avec ses illusions autour d'une idée sérieuse; et c'est ainsi que l'art, guidé par une intelligence profonde et servi par des mains habiles, savait ici placer la vérité au-dessus de l'erreur, la poésie au-dessus de la réalité, et la religion au-dessus de tout.

Je m'arrête sur cette pensée, qui résume tout ce qu'il y a de philosophique et de moral, en même temps que d'ingénieux et d'aimable dans la décoration de notre *Villa.* C'est tout ce que je pouvais montrer en la décrivant; quant à ce qui tient au génie de l'architecte et au talent de l'artiste, [illegible] pu dire, qui ne fût sensible pour tout le monde d[illegible]s dessins de M. Jules Bouchet? Et que po[illegible]ter à leur éloge, qui ne se trouve dans ces dessins mêmes, pour quiconque a le sentiment et l'intelligence de l'art?

BAS-RELIEF EN STUC
DANS LES NICHES DU NYMPHÉE

TABLE DES PLANCHES ET VIGNETTES

CONTENUES DANS CET OUVRAGE.

VIGNETTES.

La vignette en tête de la Notice sur Pirro Ligorio est une frise en stuc qui orne la façade latérale des petits portiques.

Celle qui se trouve à la fin de la même Notice représente les armes papales accompagnées à droite et à gauche de figures allégoriques chrétiennes; cet ajustement se trouve placé à l'extrémité de la petite galerie, au premier étage.

La vignette en tête du texte descriptif est prise de la façade de la Loge, du côté de la cour.

Celle qui est placée à la fin est tirée de l'intérieur des niches du Nymphée.

FRONTISPICE.

Ce frontispice a été composé, en grande partie, d'ornements tirés des principales voûtes de l'intérieur du Casin.

PLANCHE PREMIÈRE.

Vue générale.

PLANCHE II.

Plan général.

PLANCHE III.

Élévation générale.

PLANCHE IV.

Coupe transversale, coupe longitudinale, plan du premier étage, plan des combles au niveau du Belvédère.

PLANCHE V.

Façade latérale, coupe sur la ligne DE, coupe sur la ligne FG.

PLANCHE VI.

Façade principale du Casin, détails des bancs autour de la cour ovale.

PLANCHE VII.

Détails à rez-de-chaussée du Casin principal et de la Loge; entre-colonnement du milieu de l'ordre à rez-de-chaussée, et détails d'une partie des stucs et mosaïques qui décorent le vestibule.

PLACHE VIII.

Détails et profils.

PLANCHE IX.

Vue intérieure du vestibule, laissant apercevoir entre les colonnes une partie des petits portiques qui servent d'entrée à la cour ovale.

FIN DE LA TABLE DES PLANCHES ET VIGNETTES.

TYPOGRAPHIE DE FIRMIN DIDOT FRÈRES,
IMPRIMEURS DE L'INSTITUT, RUE JACOB, 56.

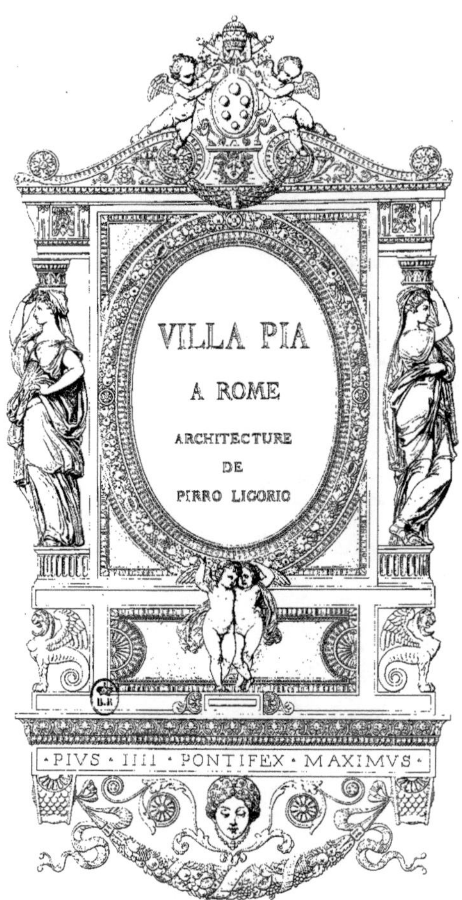
VILLA PIA
A ROME
ARCHITECTURE
DE
PIRRO LIGORIO
·PIVS·IIII·PONTIFEX·MAXIMVS·

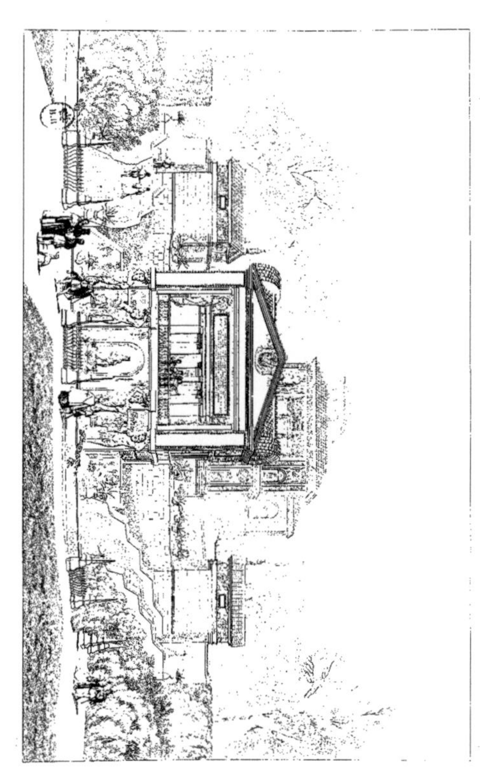

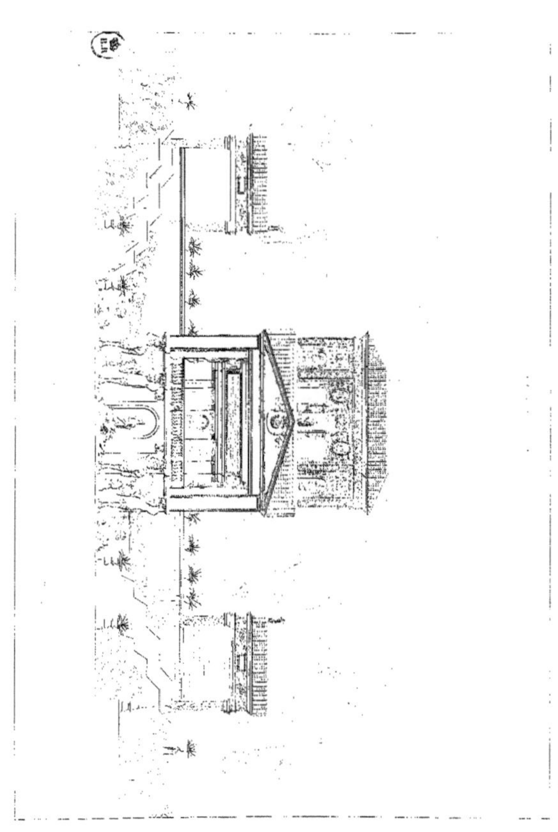

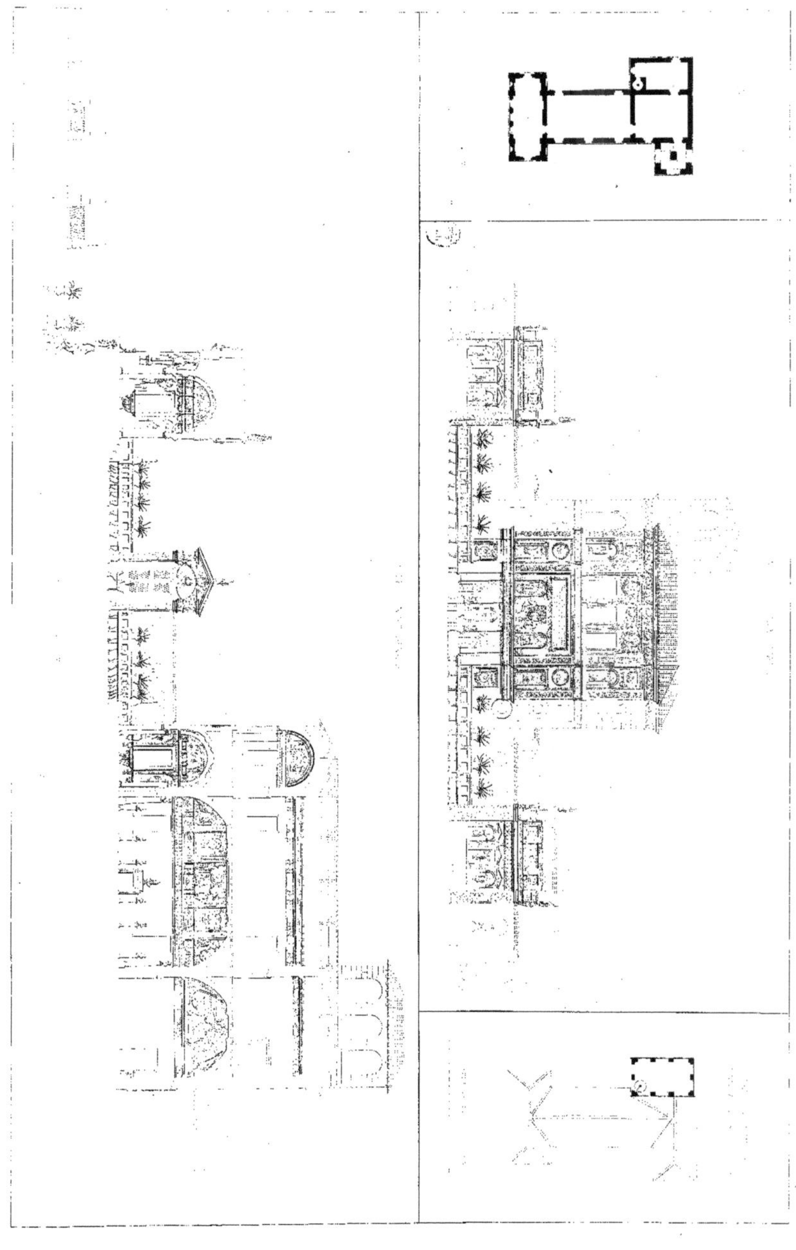

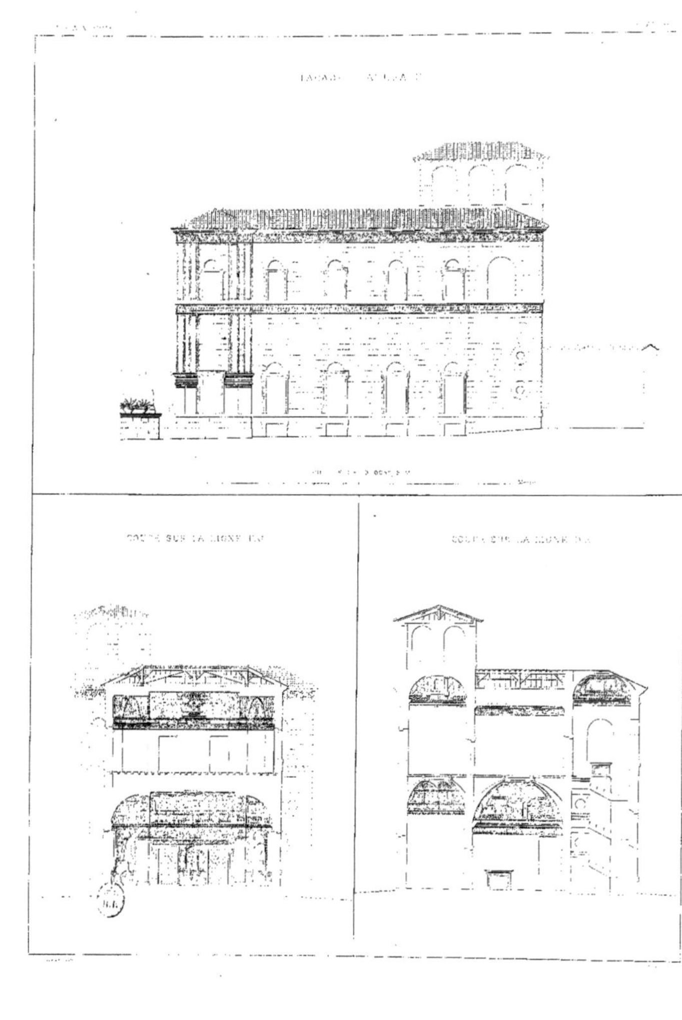

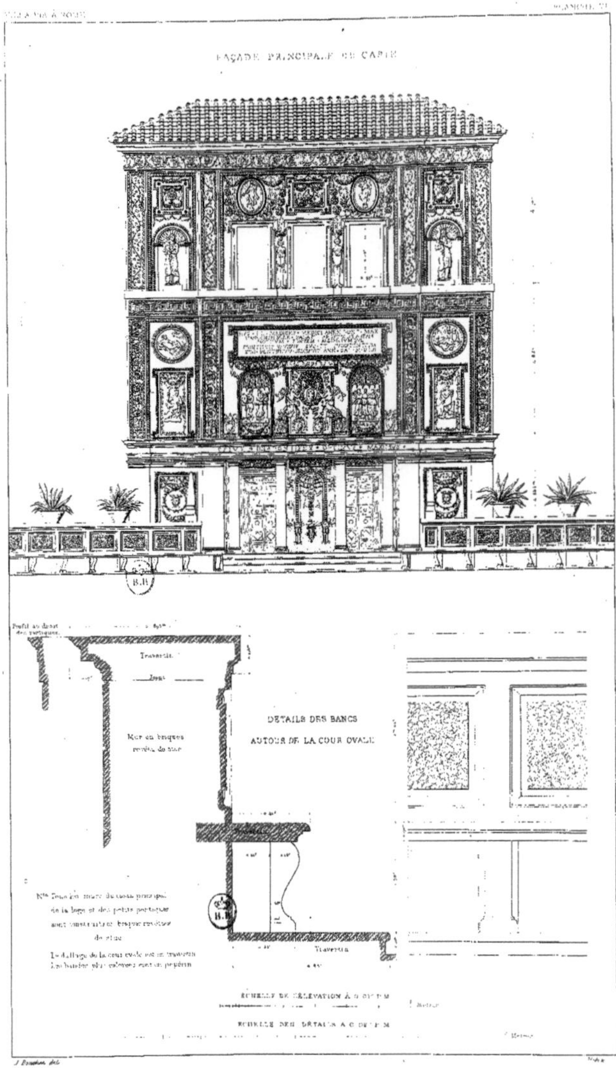
FAÇADE PRINCIPALE DU CASIN
Travertin
Mur en briques
DÉTAILS DES BANCS
AUTOUR DE LA COUR OVALE
Travertin
J. Bouchet del.

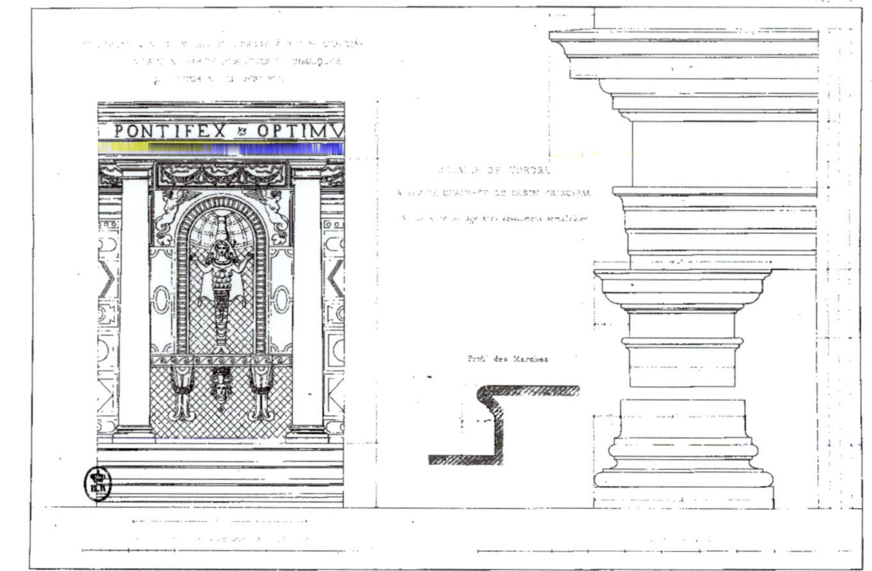
PONTIFEX & OPTIMV
Profil des Marches

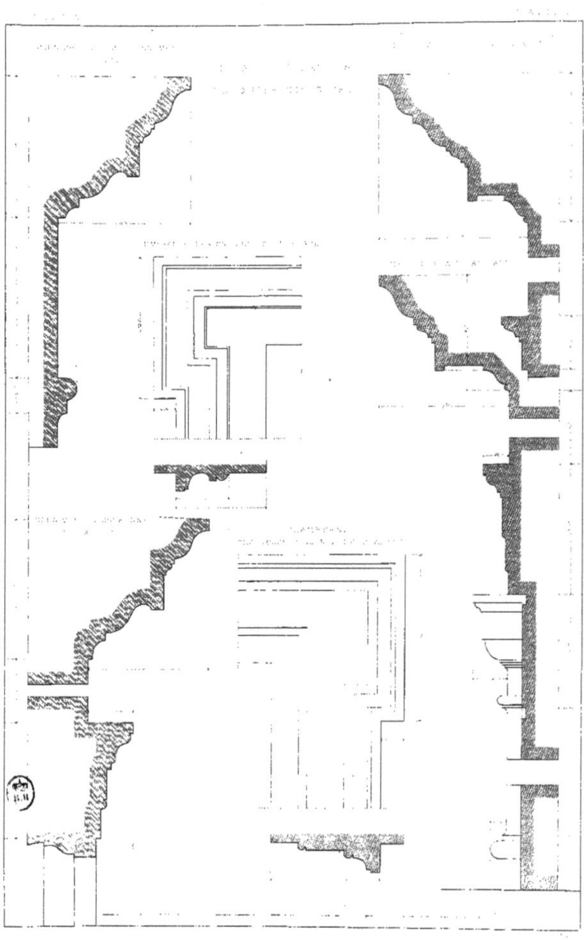

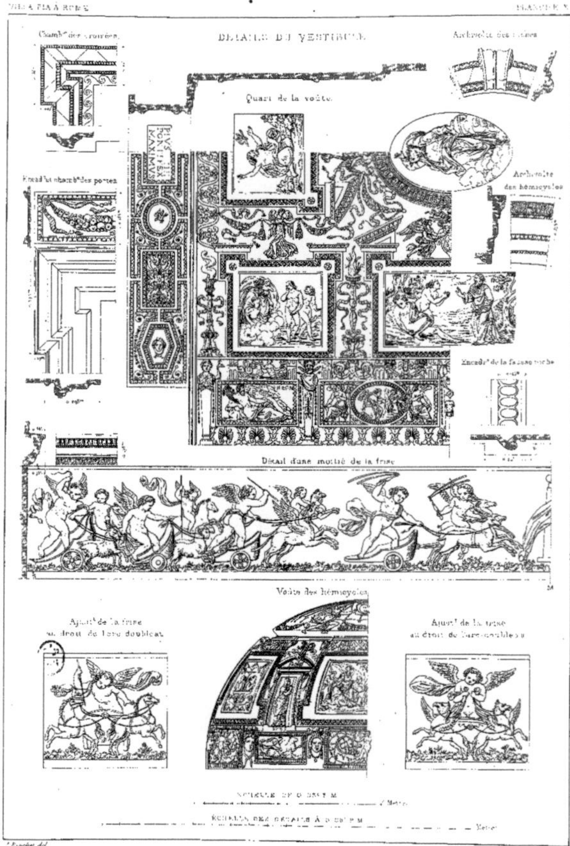
Quart de la voûte.
Archivolte des hémicycles
Détail d'une moitié de la frise
Voûte des hémicycles

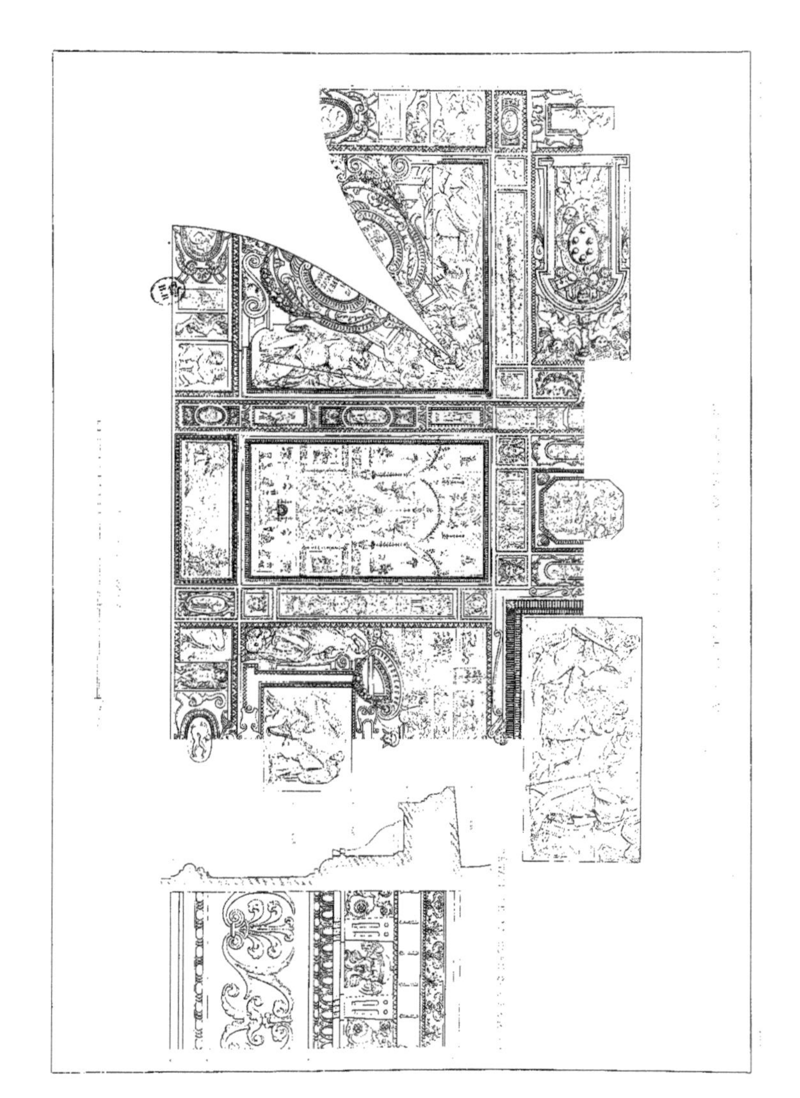

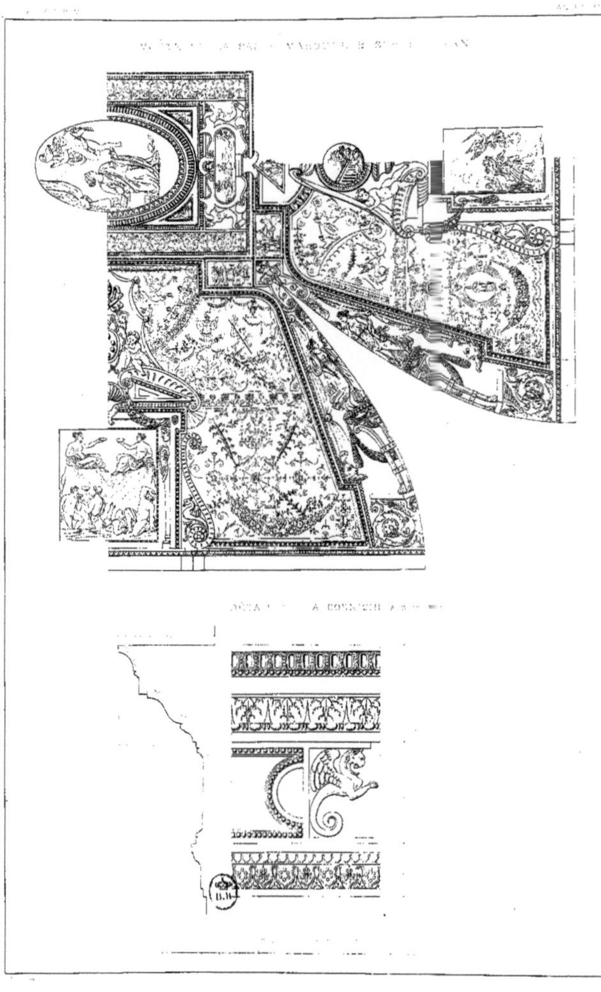

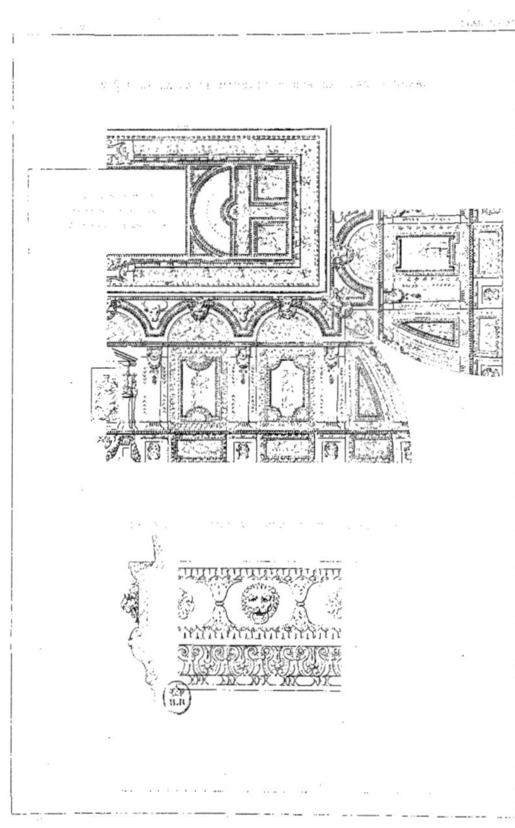

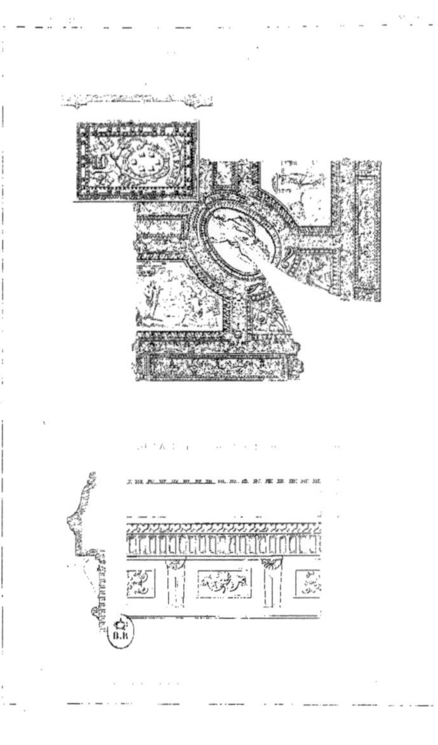

VOÛTE DE LA PETITE GALERIE
AU 1er ÉTAGE

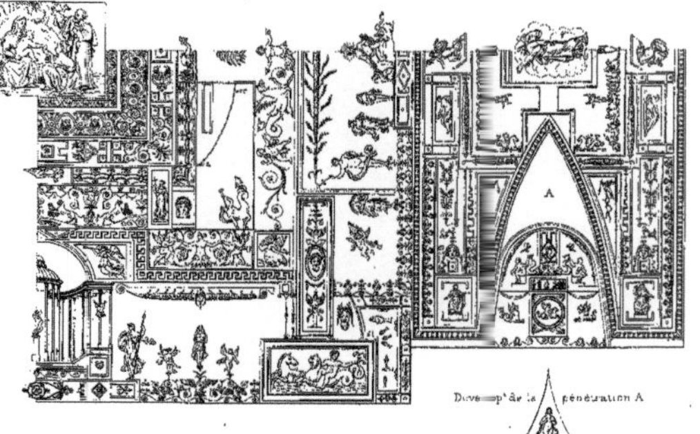

Développt de la pénétration A

DÉTAIL DE LA CORNICHE
À 0.125 P.M.

ÉCHELLE DE 0.025 P.M.

J. Bouchet del.

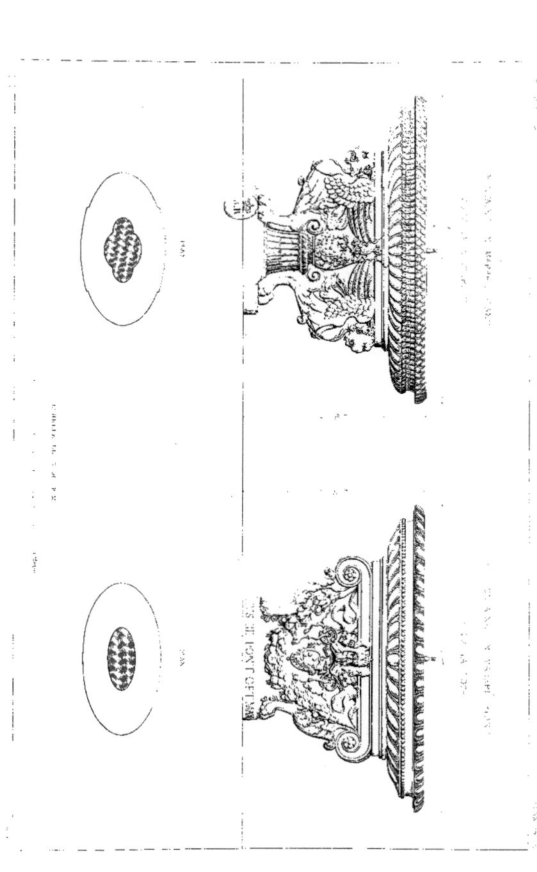

PLAN
Marbre violet

VILLA PIA À ROME

VUE DE L'ENTRÉE DE LA COUR OVALE

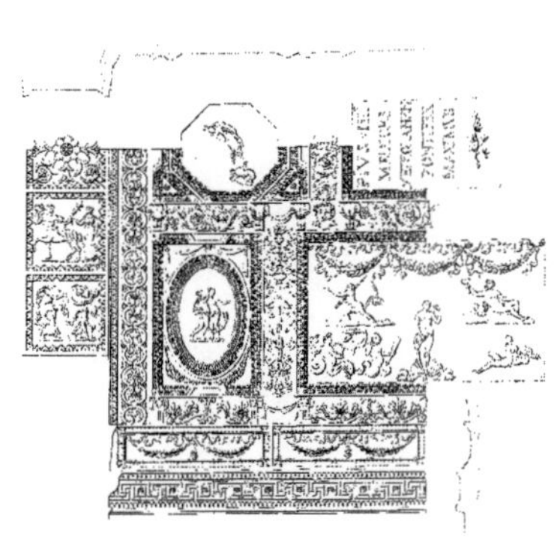

VUE DE LA LOGGIA

ÉLÉVATION DE LA LOGE DU CÔTÉ DE LA COUR

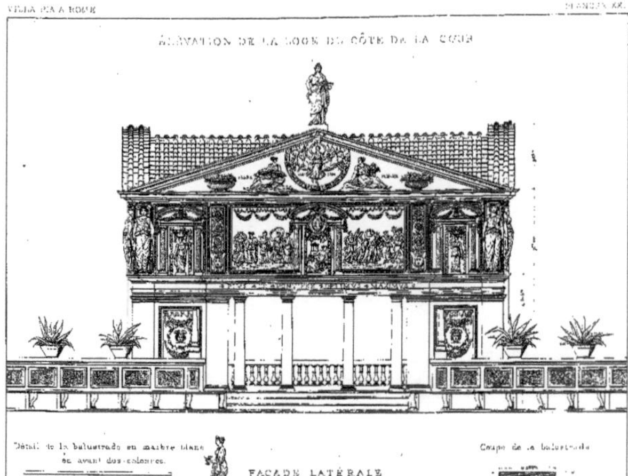

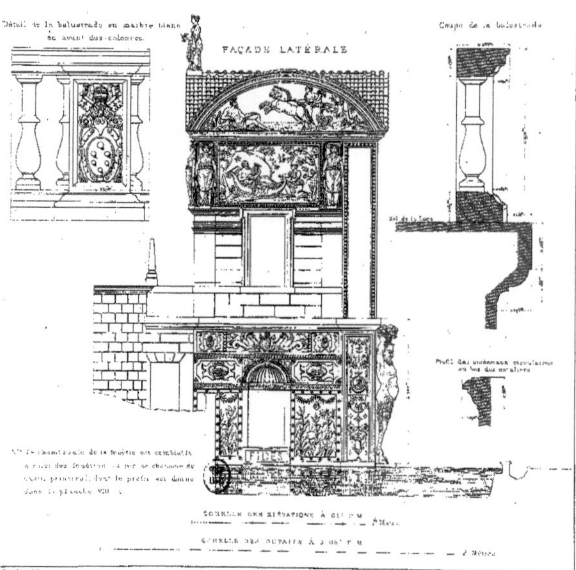

J. Bouchet del.

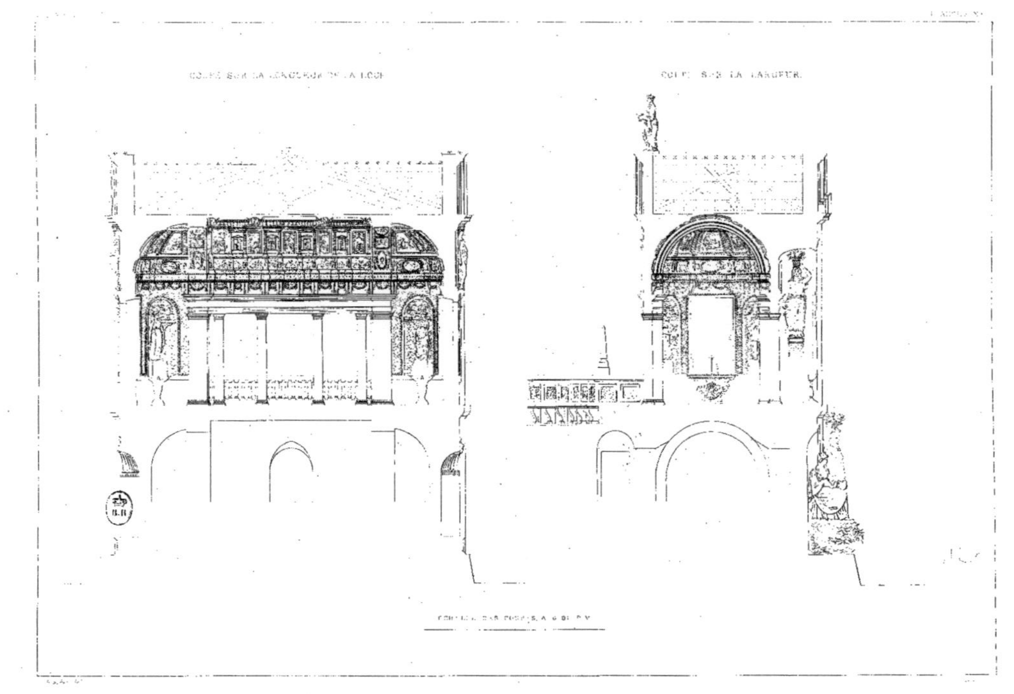
COUPE SUR LA LONGUEUR DE LA LOGE
COUPE SUR LA LARGEUR

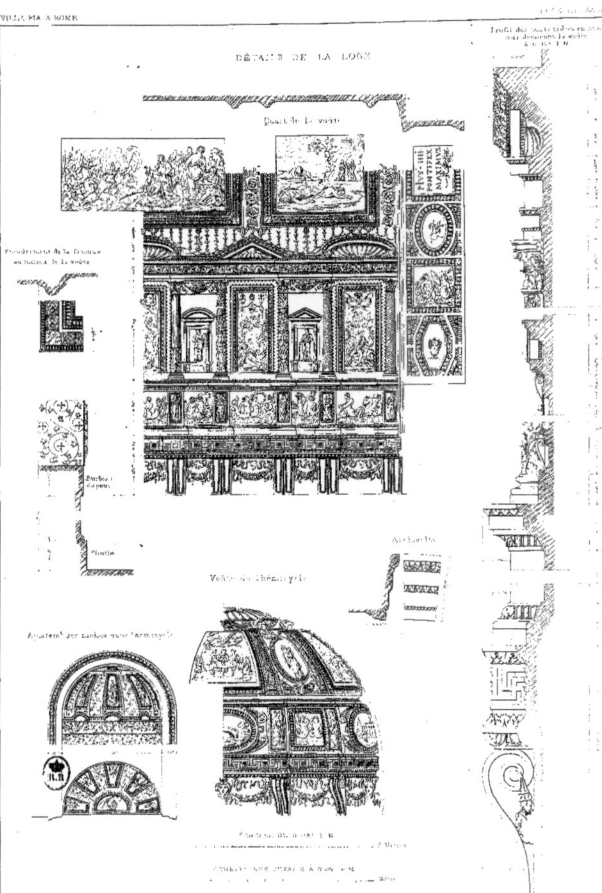
VILLA PIA A ROME
DÉTAILS DE LA LOGE
PIVS IIII
PONTIFEX
MAXIMVS

www.ingramcontent.com/pod-product-compliance
Ingram Content Group UK Ltd.
Pitfield, Milton Keynes, MK11 3LW, UK
UKHW020400230726
13925UKWH00003B/1204

9 782013 379632